ハヤカワ文庫JA
〈JA1219〉

ノノノ・ワールドエンド

ツカサ

早川書房
7724

ノノ・ワールドエンド

序章

——右目だけで見た景色は、ひどく色褪せていた。

どこまでも鮮やかだった濃紺の夏空は、白く斑《まだら》に霞んでいる。樹木が生い茂らせた緑の葉からは瑞々しさが失われ、私の足元から伸びる影法師も曖昧だ。

白を使うと、色がくすむよ——。

美術の先生が、水彩画の授業で口にした言葉を思い出す。

水彩において、白は本来必要のない色らしい。なぜなら白は、筆を入れる前からそこにある。無垢な画用紙そのものが、水彩の世界において唯一の白なのだ。そこに別の白色を持ってきても、異物になるだけ。

夏の白は、眩《まばゆ》い太陽の光と入道雲の色。

けれど今はそこに異質な白が混ざり込んでいる。夏の鮮やかさと、暑ささえも霞ませてしまう白が——。

今年の夏は、淡く薄い。掠れて、くすんでいる。

漫画とか映画の中では、絶望した人が「世界が色褪せた」なんて口にするけれど、そういう類の比喩ではない。それに私からすると、あの表現は間違っていると思う。

自分自身がくすむほど、世界の鮮やかさは嫌というほどに引き立つ。

どうしようもなく最悪な気分の私が言うのだから、本当だ。

距離感の掴めない視界に入るもの全てが疎《うと》ましく、耳に届く誰かの声や車の騒音へ殺意が湧き、神様や運命とかいったものを呪わずにいられない私は、きっと絶望している。

入院中はさほど自覚しなかったが、こうして病院を出て街中を歩いていると、自分の心の荒《すさ》みようが嫌というほど分かった。

この目で見ている景色が一枚の絵だとしたら、私はそれをビリビリに引き裂き、その残骸を踏みにじりたい。

だけどこの世界は本物だから、現実だから、私の手では何も壊せない。もっと強力な何か――武器とか、そういうものが必要だろう。

たとえば……ピストル。

それを衝動的に乱射するだけで、きっと目の前の景色は一変する。

忌々しい現実を映し出すガラスや鏡を壊すことも、笑顔を浮かべている人間を黙らせることも簡単だ。

本物なんて見たこともないし、撃ち方も知らないけれど……私みたいな気分の人間は、たぶんそういうことができてしまえる。

――私がピストルを持ってなくてよかったね。

すれ違った幸せそうな男女を見ながら、胸中で嗤《わら》う。

そんな現実逃避をしなければ目を開けていられないほど、街には幸福が溢れていた。何の武器も持たないこの腕では、それを壊すことなんてできやしない。

もしこの上、夏まで鮮やかだったのなら、私は正気を保てなかっただろう。

この胸にわだかまる感情を奇声として吐き出し、武器もないのに街へ喧嘩を売って、何も壊せないままに捕まって、社会から排除されてしまうに違いない。

そうした衝動を堪えることができているのは、景色を覆う白が色々なものを曖昧にしているからだ。

街を、人を、直視しなくて済む。鮮やか過ぎる世界を、白いヴェールが覆い隠してくれている。

夏をくすませているのは、異質な白の正体は――淡い霧。

そう、霧だ。

特別でもなんでもない、ただの自然現象。

だが、特別ではなくとも異常ではあるらしい。

病院の談話室で目にしたテレビのニュースでは、連日この異常気象による海水浴客の減少や農作物への影響などが報じられていた。

けれど海に行く予定もなく、農家でもない私には、さほど関係ない。

異常はいつしか過ぎ去り、当たり前のように日常は続いていくはずだ。私は最悪のまま、絶望したままで新学期を迎えるのだろう。そして夏休みを楽しく過ごした級友たちへ嫉妬と殺意を抱き、それを必死に押し隠し、媚びた作り笑いを返すに違いない。何て醜悪な未来。おぞましい、恐ろしい、悔しい――。

私が欲しかった明日は、あと少しで手に入るはずだった未来は、そんなものじゃなかったはずなのに。

――壊してよ。壊れてよ。終わってよ。

心の底から願う。周りにある全ての破滅を。私を含めた世界の終幕を。

そして同時に気づいている。こんな願いは、絶対に叶わないことを。私の祈りには、何の力もないことを。

なら、私だけでも消えるべきだ。分かってる。でも、納得できない。

もう詰んでいるのに、負けを認められない。

みっともない。情けない。無駄に足掻いても、辛いだけなのに――。

たぶん私は、こんな最悪を押しつけてくる世界に負けたくないのだ。

せめて一矢報いたい。一緒に地獄へ引き摺り込んで、ざまあみろと見返したい。

でも勝つ手段なんてない。道連れにする方法も分からない。

ないものを探して、私は苦しいだけの道を進み、望まない未来に辿《たど》り着いてしまうのだろう。

世界は私とは無関係に進み、変わる。

くすんだ夏はもうすぐ終わり、秋が来る。

最悪な中学三年生の夏休みの次には、最低の二学期が訪れる。

そう——思っていた。でも……。

九月になっても、夏休みは終わらなかった。

〈少女は——一人でぽつんと立っている〉

第一章　霧の線路

「――――!!」
カーステレオから大音量で鳴り響くオールウェイズの美しいハーモニーに、濁った醜い怒声が混じり込む。

　車の後部座席で動かない景色を見ていた私は、ちらりと運転席の方に目をやり、すぐ窓の向こうに視線を戻した。

　瞳に映るのは薄い霧に覆われた曖昧な景色。

　幹線道路沿いの商店には軒並みシャッターが下り、歩道を往《い》く人の姿はない。反対車線はガラガラで、これまでにすれ違った車は数えるほど。

だというのに、こちらの車線は大渋滞。二時間かけて百メートル進んだかどうかも怪しい有様だ。

「――――!!」

またあの男――義父が、獣のように吠えている。けれど車の内側でどれだけ荒ぶろうとも、決してクラクションは鳴らさない。先を急ぐなら反対車線に出ればいいのに、律儀に交通ルールを守っている。

体面を気にする義父《あいつ》らしい。

何て馬鹿で愚かなのだろう。今の警察に交通違反を取り締まる暇など、あるはずがないのに。けど、渋滞ができているということは、義父のような人間は世の中に大勢いるという証。

最悪だ。最低だ。

もし全寮制の高校への推薦入学が取り消されず、この場所から抜け出せる未来があったとしても、私はいずれまた義父のような人間に出会ったのかもしれない。

そんなのは最低の結末だけど、どちらにしても最悪だったとするならば、今はほんの少し救われる。

「…………」

最近の癖で、自然と左目に手が伸びた。指先に当たるのは、すべすべした少し固い布の感触。この眼帯は次の通院時に取り換えてもらう予定だったのだが、世の中がそれどころじゃなくなってしまったせいでそのままだ。

もう傷は塞がっているので勝手に捨ててもいいのだけど、何となく入浴時と就寝時以外は着けている。どうせ眼帯を外したところで、左目には何も映らないのだから。

布に覆われたむず痒さを誤魔化すように、カリカリと眼帯の表面を爪で引っ掻く。

カリカリ、カリカリ。

その音で不快な怒声を紛らわしていると、遠慮がちな母の声が耳に届いた。

「あなた、落ち着いて……」

――馬鹿。

私は胸の内で毒づき、舌打ちする。

あんな男など放っておけばいいのだ。下手に声をかければ、矛先がそちらに向くのは目に見えているというのに――。

「――――!!」

案の定、義父は唾をまき散らしながら、凄い剣幕で母に怒鳴り始めた。

普段は真面目で堅物な人間を装っている義父は、その本性を剝き出しにし、怒りで表情を歪めている。

ガリガリと響くのは、整髪料で固めた薄い髪を掻きむしる音。昔はラグビーをやっていたという太い首には血管が浮き出ていた。興奮して汗をかいたのか、整髪料と加齢臭が入り混じった不快な匂いが鼻を衝く。

母は申し訳なさそうに身を縮め、黙ってその叱責を受け入れていた。

白髪を隠すために茶色く染めた髪の隙間から覗く横顔は、ひどく年老いて見える。まだ三十代後半なのに、目元の皺は深い。母の虚ろな瞳はシフトレバーの辺りをぼうっと見つめていた。きっと何も考えていないのだろう。頭を空っぽにしなければ、あの罵詈雑言を浴び続けることはできない。まともに受け止めれば、心が壊れてしまう。

そんな母の姿は、とても弱々しくて、情けない。

そうして彼女は何を言われようとも、体に痣《あざ》を作ろうとも、最後には「あの人も大変なのよ」と儚《はかな》く笑うのだ。

私は、その笑顔が大嫌いだった。こうはなりたくないと、心から強く思った。

中学一年生の夏休み——母と再婚した男の本性を知った時は、助ける方法を必死で考えたけれど……未熟な正義感に火を点けて頑張ろうとしたけれど……それが望まれていないことだと気づき、想いは冷めた。

母は望んで、あの男と共にいる。私の助けなど必要としていない。

それを悟った私は、母を軽蔑し、見限った。

自分は何て薄情な人間なのだろうと少し悲しくなったけれど、胸は軽くなった。

感情移入していたら、母を通して伝わってくる痛みに耐えきれない。反撃することも、逃げることもしないのなら、切り捨てるしかない。

私が生き抜くためには、母はもう邪魔なのだ。

そう割り切ると——彼らと家族でいる意味も失われた。

そこからは、家を出る方法ばかり考えていたように思う。

思いついた中で最も手っ取り早い方法は、適当な彼氏を作ってそこに転がり込むこと。小学校からの友達の一人もそうやって家出をし、音信不通になった。

それを知った同級生たちは、彼女を馬鹿だと笑っていた。騙《だま》されて、捨てられて、いずれ実家に逃げ帰ってくるのだろうと。ひょっとしたら子連れかもしれないと、下卑た想像を膨らませていた。たぶん、その想像はそれほど的を外してはいない。

だけど同級生たちは、大事なことを見落としていた。彼女が逃げ出そうとした家が、どんな場所だったかを考慮していないのだ。

私も彼女の事情は詳しく知らない。彼女から聞いたのは、親が厳しいとかその程度。けれど……家出した先で彼女が不幸になったとしても、それは家に留まっているよりはマシな未来かもしれない。

そう思うから、私は彼女を馬鹿にできなかった。

実際に家を出た彼女を羨ましくさえ思う。

でもそれはきっと母と同じ生き方だ。だから私はそれを絶対に選ばない。そもそも男なんてケダモノみたいな生き物を、信じる気にはなれない。

誰にも頼らず、自分の力でこの家を出る。そう決めて、努力し、成し遂げようとした。なのに――。

「――――!!」

いい加減に義父の罵声が我慢できなくなり、私は苛立ちながら前の座席を蹴る。

それはちょっとした憂さ晴らしで、意志表示のつもりはなかったのだけれど、その音は思った以上に大きく響いた。

ぴたりと罵声が途切れ、母がおどおどした表情で私のいる後部座席を窺う。

母は怯えている。義父にだけでなく、私にも――。

あの男と同じ扱いをされたことに嫌悪感が湧き上がり、怒りを覚え、だが遅れて押し寄せてきた後悔と罪悪感が頭を冷やす。後に残ったのは、苦い寂しさだけ。

やり切れない思いを抱えながら視線を逸らし、私は下を向いた。

車内にはバラード曲だけが鳴り続けていたが、義父は無言でカーステレオを止め、ラジオへと切り替える。

『――ザアアアアアアアアアアアアアアアアア――……だ――は把握されておらず――』

豪雨のような雑音が響いた後、女性の声が聞こえてきた。

『……続いて各地の――関東沿岸部の――は十%を下回り、内陸の山間部では二十%前後、全国的にも八十%以下の視界率で――』

感情を抑えた理性的な声音は、義父のものとは正反対で耳に心地いい。

二日前に在京キー局を含む東京の放送局は全て沈黙してしまったので、これはこの付近の地方局が流しているラジオ放送だろう。

――ここは七十%ぐらいかな。

窓の向こうに見える看板の霞み具合から、私はそう判断する。

まだ世界は輪郭を保っていた。

――もっと、曖昧になった場所に行きたい。

看板の文字が読めなくなり、街の姿が分からなくなるほどに、他人が見えなくなるぐらいに、霧が濃くなってほしい。そうすれば私はもっと楽になれる。望む終わりに近づける。

視界率というのは、霧が東京の都心部にも出始めた頃から使われ始めた言葉だ。霧の濃さを表す単位には霧水量というものがあるらしいが、感覚的に分かり辛いということで視界の鮮明度に基準を置いた視界率が採用されたという。

百%は視界が完全にクリアな状態で、下がるほどに視界が悪いということになる。当初は七十%以下で濃霧注意報が、五十%以下で濃霧警報が出て、交通機関が軒並みストップした。それが今は二十%以下の地域も珍しくない。そこでは一寸先も見えず、歩くことすら難しいはずだ。そうして孤立した街は数知れず、人々はまだ車が使えるうちに視界率が高い場所へ避難しようとしている。その結果がこの渋滞だ。

義父も霧が濃くなった街から避難することを決め、私と母を車に乗せた。

よく考えれば、どうして従ったのだろう。私は霧が濃くなっても構わないのに……。

二人があまりに必死だったから、勢いに流されてここまで来てしまった。

まあ……彼らの焦りは理解できる。

霧による本当の脅威は、孤立化などではない。この霧にはある〝現象〟が伴う。始めは誰も本気にしなかったが、今は皆がその危険性を理解している。つまりこれは避難ではなく逃亡というのが正しい。

ただ、そんな彼らの事情に、いつまで付き合えばいいのだろうか。

バンッ――と義父が激しくハンドルを叩く音が聞こえ、私は視線だけを動かす。

よく聞いていなかったが、どうやらこの先の視界率もかなり悪化しているらしい。

『――ザザッ――……』

義父はチャンネルをいじるが、他に放送は聞こえてこない。

嘘か真か、東京の湾岸部に行けば自衛隊の船で沖合に避難できるという噂もある。途中のサービスエリアで、近くにいた人たちがまことしやかに話していた。ほんの一時、ラジオで流れたらしいが、今はそんな放送はしていないようだ。

苛立たしげに義父がラジオを切ると、車内に張りつめた沈黙が落ちた。

低いアイドリングの音が響く車内で、私は小さく嘆息する。

義父は霧から逃げ出そうとしたものの、安全な場所も分からず、不安で落ち着かないのだろう。

視界率の悪化を望んでいる私から見ると、その様子は滑稽だ。

噂を信じて霧の濃い関東方面に向かうのは賭けに近いし、霧の薄い場所を探して逃げ回っても、ジリ貧なのは目に見えている。

だけど私は――この渋滞の中できっと私一人だけは、何も恐れていなかった。恐れる理由が何もなかった。

私にとってこの状況は、心から願い、待ち望んでいたものだったから。

どれだけ祈っても叶うはずのなかった夢想が、現実になろうとしている。

誰かが私の望みを聞いてくれたわけではないのは分かっていた。単に偶然、タイミングが重なっただけだ。でもそれはたぶん幸運なことで、私だけはこの世界で安心と幸福を享受している。

そう――私は今、心から喜んでいるのだ。

なら……どうして私はまだ、こんな場所にいるのだろう。

その矛盾に再び突き当たる。

霧から逃げる必要がないのなら、義父と母に付き合うことはない。息苦しくて不快な場所に、我慢して居続ける理由は皆無だ。そんなことは最初から分かっていたはずなのに、なぜ大人しく後部座席に収まっているのか。

少し考えて、理由らしきものを心の隅から拾い上げる。

たぶん……やり残したことがあったのだ。

自己分析は苦手で、後付けの理由にも思えるけど、何となくそう感じる。それは義父と母に対してのもの。いや――義父はどうでもいいか。心残りがあるとしたら、たぶん母に対してだ。大嫌いで、もう見限っているけれど、それでも何も言わず去るのは違うと思う程度の――うまく表現できない気持ちは胸の内に残っていた。

だから、出ていくのなら母に何か一言を。

彼女を見捨てていく私に相応しい言葉は何かと、静かに思いを巡らせる。

別れれば、きっともう永遠に会うことはない。そう考えると微かな寂しさと後ろめたさを感じた。

私がいなくなれば、義父は今以上に母を殴るだろう。それを想像すると苦い想いが湧き上がる。でも母はその状況を受け入れているのだ。自業自得なのだ。私はそう強引に自分を納得させる。

その時、前の車が動いて渋滞の列がわずかに進んだ。本当に少し——たった数メートル足らずだが、車の前方にスペースができる。

義父は車をその分だけ進めていくが、途中で大きくハンドルを切った。どうやら左手の脇道へ入るつもりらしい。

先ほどのラジオを聞いて、目的地を変えるつもりのようだ。

彼らに別れを告げるのは、次に停車した時にしようと考える。しかし私が別れの言葉を思いつく前に、すぐ車は停まってしまう。

窓の外を見ると、そこはガソリンスタンドのようだった。店員の姿はないが、元々セルフサービス式の店らしい。

給油のために車外へ出る義父に続き、私も「お手洗いに行く」と言って車を降りた。

寒い——ぶるりと体が震える。まだ秋口だというのに、霧のせいで気温は低い。休みでも部活のために登校することが多かった私は、外出用の私服をあまり持っておらず、今日も中学校の制服だ。時期的には夏服の期間なのだが、今日は冬服で正解だったと思う。トイレは一人で考えをまとめるための口実だったけど、足元から這い上がる寒さのせいで本当に行きたくなってきた。

奥の店舗は閉まっているものの、トイレの扉は屋外に面している。鍵が掛かっていなければ使えるはずだ。

それに……私がいなくなれば、二人は私を置いてどこかへ行ってくれるかもしれない。そうなると別れの言葉は言えなくなるが、色々と悩む必要もなくなる。

そんな期待をしつつ、使用可能だったトイレで長めに時間を潰した。

母に向けた具体的な言葉は結局思いつかなかったが、心はある程度定まり、言うべきことは自然に浮かぶだろうという確信を得て、私はトイレを出る。

だが扉を出た瞬間、また義父の怒鳴り声が耳に飛び込んできた。そして母の小さな悲鳴。

ぞわりと首筋の毛が逆立つ。

彼らは私を置いていくことなく、まだそこにいた。そして――。

――殴ったな。

心がざわつき、体が熱を持つ。ぐっと拳を握りしめ、歩調を早めた。

母に対する同情はもうないけれど、それでもドロドロとした熱い感情が湧き上がる。

義父は、私が見ている前では母を殴らない。

それは義理の娘に対する見栄とか気遣いではなく、単に私を警戒しているから。

女子にしては背が高く、武道の経験もある私は、弱く従順な母と同じように扱うことができないだけ。

もし私が華奢で、誰かと争ったこともないような人間だったら、彼は私のことも怒声と暴力で支配しようとしただろう。

義父はそういう人間だ。外側には弱みを見せず、内側は理想の形にしなければ気が済まない。そんな彼に対抗できる力を持っていたことは、本当に幸運だったと思う。

私は決して運がいい方ではないけれど、それでも身体だけは恵まれていた。幼い頃から身長は高い方で、自分で言うのも何だが運動神経は良い。長い手足は何をやっても有利に働く。

小学校を卒業するまで通っていた空手の道場では、男子にだって負けなかったし、スポーツをすれば大抵の子たちより上手くできた。何となく入ったバレー部では、一年生の時からレギュラーに。義父が来てからは週一で道場通いを再開して、弱い人間でないことをアピールし、家になるべく遅く帰ろうと部活動では居残り練習を行った。

そうしているうちに自然と結果は出て、身長も成長に合わせてぐんぐんと伸び、私の部屋にはいくつかのトロフィーが並んだ。

だから家を出ると決めた時、自分の才能と実績を利用しようと考えたのは当然の流れ。どこか遠くの全寮制の高校へ、バレーのスポーツ特待生として入学する。奨学金が出れば親に頼らずに済む。家庭の支配を乱す私がいなくなることは義父にとってもメリットになるはずなので、反対される理由はない。

まっとうで完璧な計画のはずだった。でも——。

私は怒声が響いてくる方へ向かいながら、眼帯に手を当てる。固い布の表面を指先でカリカリと引っ掻く。

本当にあっけなく、私の未来は閉ざされた。

夏休みのバレー部合宿へ向かう途中、集合場所近くの交差点で起きた交通事故。目の前でひしゃげた二台の車と、響いた轟音、そして飛び散った破片――。

その一つが現場の傍にいた私の左目へ飛んできた。

今でもはっきりと覚えている。こちらへと向かってくる鋭い破片の輝きを。スローモーションのように回転している様子まではっきりと瞳に映っていた。

だというのに、どうして避けられなかったのか。ほんの数センチ顔を逸らすだけでよかったのに――。

思い返すたび湧き上がるのは、そうした後悔ばかり。速度的にはバレーの強烈なスパイクとさほど変わらなかったはずだ。空手の試合で相手の突きを防ぐように、反射的に動けたはずなのだ。

でも結果は左目の完全な失明。

もちろんそれでスポーツの道が完全に閉ざされたわけではない。距離感が掴みにくくなり死角が増えるのは、かなり不利な要因だ。しかし片目がデメリットにならない競技もあるし、他の長所を伸ばしていけば一流の選手になれる可能性はゼロじゃないだろう。

ただ――ハンデを負った選手を、あえて特待生として迎え入れる学校はない。

そして私にとってスポーツは目的ではなく、家を出る手段に過ぎなかった。だから今、家を出るために使えないのであれば、続ける理由も見出せない。左目がハンデにならない他のスポーツに転向し、新たに推薦を得る時間的な猶予もない。

最後の大会前、私は退部届を出して、仲間の応援にも行かなかった。

少しずつ霧が濃くなる街を、部屋の窓からずっと眺めていた。何もする気になれなくて、何も考えたくなくて……頭を空っぽにしていた。考えてしまえばどうしようもない現実に耐え切れず泣き叫んでしまいそうだったから。家は泣いていい場所ではない。義父がいる家で弱みは見せられない。

部屋の外では、常に平静を装った。こんな怪我どうということもないという風な態度で過ごし、無理やり食事を腹に詰め込んで、たまにトイレで吐いた。

そんな虚勢を張りながら私は無為に時間を潰し続け、現在に至っている。

ガツン——と車の向こうで鈍い音が聞こえた。

我慢を重ね、無理やり繕っている心に、その音は何よりも不快に響く。溢れ出しそうになる感情を抑えるように強く拳を握りしめた時、最後にするべきことを思いついた。

あいつを殴って、さよならしよう。

ずっと我慢してきた。殴りたいと思うことは何度もあった。

でも殴ったところで状況が悪化するだけだと、思い留まってきた。何よりも、母にこれ以上怖がられることが嫌だった。

だけど、もういい。後のことなんて考える必要はない。

やりたいことをやればいいのだと、私は試合に挑む時のように深呼吸して意識を研ぎ澄ます。

空手では寸止めが基本で、傷つけることを目的として誰かを殴ったことはない。でも義父が相手ならば、ためらわずやれるはずだ。たぶん拳と手首を痛めるけれど、それもまたどうでもいいことだった。

どうせ私も、彼らも、世界も、間もなく終わるのだろうから。

呼吸を整えながら、大きく車を回り込む。

いくら空手をやっていたとはいえ、男と女の体格差は埋めがたい。特にラグビー経験者の義父は体が大きく、力も強い。防御され、体を摑まれれば、やられるのは自分の方だ。だからなるべく普段通りを装って接近し、不意打ち気味に殴り飛ばすのがベスト。殴るのが当たり前になっている義父は、自分が殴られることなど想像もしていないだろう。だからきっと驚き戸惑う。

微かな高揚感を抱きつつ、私は彼らを視界に収める。だがその瞬間、頭の中から何もかもが吹き飛んだ。

吹っ切れた心地よさも、義父を殴り飛ばす想像も、彼への憤りすら忘れて、私はその場に立ち尽くす。

そこには、義父と母がいた。

義父は呆然とした様子で車に寄りかかり、母はぐったりとした様子で倒れ伏している。母の頭からは血が流れ出し、灰色のコンクリートを赤く染めていた。傍には給油設備が置かれた段差があり、その角にもべっとりと赤い血が付着している。

状況は簡単に想像できた。父に殴られた母が倒れ、あの角で頭を打ったのだろう。

あまりにも分かりやすい。だけど、そこから思考も感情も動かない。

風が吹き、霧が流れてくる。淡い霧が景色を霞ませるが、それでも母の頭から流れる鮮烈な赤は消えなかった。

霧は冷たく、足元から寒さが這い上がってくる。ぶるりと体が震えた。がたがたと膝が笑い始める。

「う……あ……」

白い霧に包まれた中で、倒れた母が呻いた。

現実感がない。まるで夢を――悪夢を見ているかのようだ。

赤い血。真っ白な霧。青ざめた義父。どす黒くなっていく母の顔と、乱れた茶色い髪――。

瞼を開き、視線を動かした母と目が合う。

「……の……ノ……」

掠れた声で母は私の名前を呼んだ。

その声で、霧の冷たさを思い出す。喉がカラカラに渇いていることを自覚する。

これは夢なんかじゃない。

「っ——」

我に返った私は母に駆け寄ろうとする。だが同時に強い風が吹いた。

風上から濃い霧が押し寄せてくる。

見えない。霧の向こうは何も見えない。建物の輪郭も、ガソリンスタンドの目立つ看板も、白い霧に呑まれて判別できなくなる。

母を見失う。義父の姿も見えなくなった。自分がどこにいるのかも分からなくなる。

——霧に喰われる。

そんな錯覚に、体が竦んだ。

動けなくなった私の視界が、完全に白一色で染まる。冷たい霧に全身を撫でられて、ぞくりと悪寒が走った。

寒い。寒い寒い寒い——。

あまりの冷気に、手足の感覚も遠くなる。まるで霧が私の体を奪っていくかのようだ。

——ここが、私の終わりなの？

そんなことを頭の隅で考えた時、冷気がわずかに和らぐ。

吹き続ける強風が、そのまま霧を運び去ろうとしているのだ。

しばらくすると物の輪郭が現れ始める。次に彩度が戻ってくる。まず目に飛び込んできたのは、コンクリートにこびり付いた血の色。

だが、赤色の傍に母の姿はなかった。彼女がいたはずの空間を落ち葉が吹き流されていく。

「え……？」

私の喉から呆けた声が漏れる。義父も車に寄りかかったまま、母がいた場所を呆然と見つめていた。

何が起こったのかは、私も義父も分かっている。これが、皆が霧から逃げている最大の理由なのだから。

でも分かっていても、理解が追いつかない。母が殴られたこと、頭から血を流して死にそうだったこと、そして突然消えてしまったこと――多くのことが一気に起こり過ぎて、感情の置き所が失われている。

ノノ――と自分の名を呼んだ母の声が、まだ耳の奥でこだましていた。

「お母さん……」

無意識のうちに、口から言葉がこぼれる。それはまるで自分のものではないような、幼く頼りない声だった。

幼い頃、デパートで母とはぐれ、頼りない心地で彼女を呼んだことを思い出す。そんなこと完全に忘れていたはずなのに、母が私にとって一番の存在だった頃の記憶が脳裏を一気に駆け抜けた。

だが、私の呼びかけに母は応えてくれない。代わりに義父がぴくりと体を揺らし、ゆっくりとこちらを向く。

「っ……」

彼の淀んだ目に見つめられ、足が竦んだ。霧の冷たさで震えた時とは違う。どろりとした真っ黒な恐怖が心の奥から湧き上がり、全身に鳥肌が立つ。

義父にこんな恐れを抱いたのは、これが二度目。

私が住んでいたのは古い木造の家で、襖の扉には鍵などなかった。だから義父が来てからは、内側からつっかえ棒をして寝ていたのだが——一度だけ襖がガタンと揺れたことがあったのだ。

一瞬で眠気は醒めた。恐怖に全身が強張った。心臓がどくんどくんと早鐘を打っていた。頭の中は真っ白で、どうすればいいのかを考えることもできなかった。

遠ざかっていく足音を聞いても心拍数は元に戻らず、私は布団にくるまって眠れぬ一夜を過ごした。その時の感覚に、ひどく似ている。

喉の奥がカラカラに渇き、声が出てこない。何をすればいいのかも分からない。

義父が一歩、私の方へと足を踏み出した。

反射的に私は後ろへ下がり——それがどうしようもない間違いだったことに気づく。

退いてはいけなかった。私はずっと空手をやっていることを強くアピールして、自分が弱い存在ではないと誇示していたのに……今の一歩はきっとその努力を水泡に帰した。

私は今、彼を恐れている。強く怯えてしまっている。

そのことをたぶん気づかれた。

本当は強い態度に出て、母のことを糾弾しなければならなかったのに……そうすればこれまでの立ち位置は崩れなかったのに……私はしくじった。

義父の表情が微かに変わる。あれは──母を見るのと同じ目だ。

頭の中が真っ白になり、怯えた心が思考を征服し、体を勝手に動かした。

背を向けて駆け出す。

必死に、全力で、淡い霧の中を逃亡する。

そう──私は逃げ出したのだ。

足を動かしながら、遅れてその事実に気づいた。

どうして逃げる？　私は強いのに。戦えるはずなのに。あんな男に負けたりはしないのに！

悔しさに視界が滲むが、足は止まらない。恐怖に支配された体は背後からの声と足音におびえ、もっと遠くへ逃げろと足の筋肉を酷使する。

「はっ……はっ……ああああああああああっ!!」

息を切らしながら、焼けつく感情を吐き出した。

そのまま誰もいない、霧の街を一人で駆け続ける。息が上がり、視界が眩《くら》むが、止まることはできなかった。

逃げてる理由は何？　あいつが追いかけてくるっていうの？

酸素不足でぼーっとしてくる頭の中に、疑問がぐるぐる渦を巻く。

義父が母を殴り、大怪我を負わせたことを証明する手段はない。もう母は消えてしまったのだから。

もし義父のしたことを証明できたとしても、警察がまともに機能していない現状ではどうにもならないだろう。というか、何もかもが終わろうとしている世界で、罪も何もあったものじゃない。

だから、私を口封じする意味もないはずだ。だけど、それでも……。

――あいつは追ってくるかもしれない。

理屈は合わなくとも、理由は想像できなくとも、本能が危険だと――早く逃げろと訴え続ける。

部屋の襖をこじ開けられてしまうことに恐怖した夜と同じだ。襖の向こうにいたのが義父かどうかは定かじゃない。襖を開けようとした目的も分からない。

でもあの時、最悪な何かがすぐ傍にまで迫っていることを、私は確信していた。そして今もあの時に似た予感が、私を急《せ》かしている。

けれど走り続けるのもあっという間に限界だった。

退院してからも習慣でジョギングは行っていたが、全力疾走をすれば体力は数分も持たない。遠くからエンジン音が聞こえた気がして、私は後ろを振り向く。

霧に霞んだ道の向こうには、まだ何も見えなかった。だが義父が車で追ってきたなら、すぐに見つかってしまう。

今更ながらそれに気づき、私は足を止めた。

「はぁっ……はぁっ……はあっ……」

額から汗が滴り落ちて、アスファルトの地面に染みを作る。

走って距離を取るのではなく、どこかに身を隠すべきだった。少なくともこの大通りからは離れないと。

だが道沿いの店はどこもシャッターが下りている。避難する際にそうした余裕があったのなら、普通の家やビルも施錠されているだろう。窓ガラスでも割るしかないかと考えた時、道路と並行して伸びる高架の線路が目に留まった。建物の向こうには駅名らしき看板も見える。難しい漢字が使われていて、いまいち読み方が分からない。この辺りの地名でもあるのだろうが、初めて見る文字の並びだ。

他人の家を破壊することに抵抗を覚えていた私は、駅なら中に入れるだろうと重くなった足をそちらへ向けた。

角を曲がり、飲食店が多く並ぶ坂道を少し行くと、がらんとした駅に辿り着く。駅員室と券売機にはシャッターが下り、自動改札機の矢印マークや電光掲示板の表示も消えていた。

また少し霧が濃くなったのか、停止中の自動改札機の向こうは入り込んだ霧で白く霞んでいる。

駅員室の横を通って構内へ入った私は、ホームへと続く階段を上ろうとした。

「っ!?」

けれど一段目につまずき、慌てて手をつく。左目が見えなくなってから、階段の一歩目をしくじることが多い。距離感を測り損ねて、ステップを踏み外してしまうのだ。人の多いところでは恥ずかしい思いをしたが、今は幸い誰もいない。

ヒヤッとした思いをしたせいで、心は逆に落ち着いていた。

私はカリカリと眼帯を指で引っ掻き、大きく息を吐いてから、手すりを掴んで慎重に階段を上る。霧は重く、下に溜まっているので、上へ行くほどに視界はよくなった。霧による寒さも薄れ、気分が楽になる。

高架上のホームに出た途端、湿った風が頬を撫でた。階段脇の案内板を見ると、前の駅も次の駅も馴染みのない名前だ。けれど路線図を目で辿ってみれば、途中で路線名が変わって、私の暮らしていた茨城県の地元近くまで繫がっていることが分かった。どうやらこの路線は茨城、栃木、群馬にまたがっているらしい。車で移動していた時に見かけた看板などの記憶を合わせると、ここはたぶん群馬県の南――埼玉との県境に近い場所だろう。

ホームには小さな売店コーナーと、ガラス窓に囲まれた待合室がある。私は待合室の方に向かいかけたが、思い直して外のベンチに腰を下ろした。これだけ辺りが静かなら、車のエンジン音は耳に届くはずだ。外の音が聞こえる場所にいた方がいい。

背もたれに体を預けると、どっと疲れが溢れ出す。

足はひどくだるくて、汗に濡れた服が気持ち悪い。私は足を伸ばしながら、ホームの屋根を見上げた。

梁には鳩の一羽もいない。そういえば霧が出始めてから鳥の姿を見なくなった気がする。やかましかった蝉の声も八月の終わり頃には、ぱたりと消えていた。しばらくそのままじっとしていると、じくじくとした後悔が胸の奥底から湧き上がってくる。

あいつを殴るどころか、何も言えず逃げ出すなんて……あまりに情けなかった。

このまま彼に怯え、身を隠しながら終わりを待つのだろうか。

頭から血を流した母の姿と最後の声を思い出し、私は首を振る。そんなのは嫌だ。どうしようもなく最低な結末だ。

でも、なら――引き返す？

そう考えた途端、体が震え始める。ベンチの上で膝を抱え、奥歯をぐっと噛みしめた。

そこで、ベンチの横に落ちていた新聞が目の端に留まる。少しでも気を紛らわせようと、私は手を伸ばして折りたたまれた新聞を拾い上げた。

表面は湿り、全体的に皺が寄っている。日付は三日前――東京が霧に呑まれる前日のものだ。

一面の見出しには『国内の行方不明者が十万人を突破　実態はその十倍以上か』と書かれていた。十倍で百万人……今はたぶん、それでも少な過ぎる。東京が既に全滅しているなら、百倍でも足りないだろう。

記事を目で追っていくと『政府の対策機関は気化現象の存在を否定せず、霧と失踪者増加の因果関係が濃厚に――』という文章で失笑してしまう。

たった三日前、その時点でまだこんな悠長なことを言っていたのか。

失踪者の増加が報じられたのは、霧が濃くなり始めた八月の中旬だった。その頃、霧に包まれると消えてしまうという都市伝説がネットを中心に広がったのを覚えている。それこそがまさに真実だったなんて、噂を吹聴していた本人たちも信じていなかったはずだ。

退院直後で何もやる気が起きず、義父の外出中に家族共用のパソコンでネットの掲示板を巡っていた私も、くだらない話だと馬鹿にしていた。

しかし霧の中ではぐれた人が、そのまま消えてしまったという事例は徐々に増加し、濃霧に包まれた集落が一晩で無人になってしまったという事件も起こったのだ。

そこでようやく私も、何か得体の知れない雰囲気を感じ始めた。

日増しに霧が濃くなり、視界率という基準が設定され、濃霧による交通機関の麻痺が報じられ始めた時に私は思った――これは回復しない異常かもしれないと。

異常はいずれ過ぎ去り、日常が戻ってくる。そんな当たり前の法則が崩れかけているのかもしれない。

そうした予感に私は漠然とした不安を覚え、同時に微かな昂りを感じた。

裏切られるだけだと思いつつも、私はほんの少しだけ期待してしまったのだ。この異常が、日常を完全に壊してくれることを。

そんな期待に――現実は応えてくれた。

九月になっても夏休みが終わらず、休校が続いた時、私は日常が壊れかけていることを実感した。

だが政府や学者たちは、霧と失踪事件の関連を否定し続け、国民に冷静な判断と対応を呼びかけ続けた。

その流れが変わったのは、濃霧地域に取材へ行ったクルーたちが生放送中に消えてしまうというアクシデントがあってからだ。

そのニュースを聞いても、私は驚かなかった。ああそうか、霧が人を消してしまうという噂は本当だったのだなと、ただ納得した。日常が――世界が壊れていくような事態なのだから、それぐらいのことが起こっても不思議ではない。むしろそれぐらい異常なものでないと、世界はきっとびくともしない。こんなとんでもないことが起きているのなら、本当に何もかもが終わるのかもしれないと期待できる。

けれど世間は私ほど霧を高く評価していなかったらしく、信じられない事態だと大騒ぎになった。

まるで人間自身が霧の一部になったかのように消失することから、それらは気化現象と呼ばれるようになり、テレビは連日その話題で持ち切りに。霧の広がりと失踪者の増加は日本だけでなく世界中で起きており、証拠映像は次々と撮られ、気化現象の信憑性は増していった。

慌てふためき、霧に怯える人々は、とても滑稽に見えた。まるで私の望みが具現化したかのようで後ろめたくはあったけれど、私にそんな力があるはずもない。

私には世界が終わってほしいと思っていた。でも、何も行動していない。だからこの現象と私には何の関わりもないのだ。

私はただ、運が良かっただけ。他の人たちは、運が悪かっただけ。

恨むなら、いるかどうかも分からない神様を恨めばいい。左目の視力を失った時の私と同じように――。

最後に観たテレビ番組ではグラフを出し、このままのペースで行方不明者が加速度的に増加すると、一週間後には世界から人間は一人もいなくなると言っていたように思う。

あの番組も確か、この新聞と同じ三日前。

あれが本当だとしたら、今日を入れてあと四日で人類は滅びてしまうことになるのだろう。

「あと……四日」

口に出して呟いてみる。

ちょっと前までなら、たった四日だと――ほんの短い時間だと感じたに違いない。

何もせず、無為に浪費していた日々はあっという間に過ぎていたから、ぼーっとしている間に終末はやってくるのだろうと考えていた。

でも、あと四日も義父から逃げ続けなければならないと意識した途端、その時間はひどく長いものに思えてくる。

義父に怯え、見つからないように身を潜め、一人きりで終末までの四日を過ごすなどゾッとする。

どうせ終わるなら、今すぐがいい。母のように、霧になって消えてしまいたい。霧に包まれたあの瞬間はとても寒くて、本能的な恐怖も感じたけれど、少しの間なら我慢できる。その一瞬で終われるなら、それで構わない。

そう祈るが、私の体はいつまで経っても気化したりはしなかった。

義父への恐怖とこの先に横たわる長い時間への不安が大きくなり、バレーのチームメイトだった子たちの顔が思い浮かぶ。

彼女らは、私が結果を残すために必要な駒だった。だから妥協はしなかったし、練習や試合では厳しく当たった。仲間ではあっても、友達ではなかったと思う。でも彼女たちは入院している私のお見舞いに来てくれた。

その時の私は余裕がなくて——意味を失くした彼女たちに興味を持てなくて——とても冷たく応対してしまったけれど、今はそれに後悔を覚える。

たぶん私は、心細くて寂しいのだ。

そんなこと認めたくないけど、今更友達が欲しいだなんて虫が良過ぎるけど、一人きりでいることが堪えられなくなりつつある。

それはきっと、母とあんな別れ方をしたせいだ。

母がもうどこにもいないという事実は、時間が経つほどに重みを増していた。

弱く、救いようもない母でも、自分にとっては大きな存在だったのだと痛感する。

大切だったとか、本当は好きだったとか、そんな綺麗ごとは言わない。あの人は私を生んで、育てただけの人。でもそれだけで十分過ぎるのだ。母は切っても切り離せない私の一部で――だから、それが失われてしまったことが、どうしようもなく苦しい。辛くて、痛くて、嗚咽が漏れてしまいそうになる。

一人になるということを、私は分かっていなかった。家で部屋に閉じこもっていた時、車で避難していた時――私は自分が孤独だと思っていた。

でも違う。すぐ傍には母がいた。家を訪ねてくれるチームメイトがいた。だからこそ、私は一人でいることができたのだ。

本当は一人じゃないから、自分が強いと思いこめた。

だけど……今は、完全に一人きり。

こんな本物の孤独に、四日間も耐えられそうにはない。

どこか……人の集まっている場所に行こうか。それとも、私の街に戻ろうか。ひょっとすると知り合いがまだ残っているかも。いや――義父が先回りしているかもしれないから、それはダメだ。なら、さっき聞こえてきたラジオの放送局がある場所はどうだろう。少なくとも人は確実にいるはず。

新聞をめくってラジオ放送欄を見てみる。だが当然ながら各放送局の住所など載ってはいない。携帯を持っていれば調べることもできるのだろうが、私はその類を持っていない時代遅れな女子中学生だった。

携帯がないのは不便で、特に親しい友人がいないのも、それが原因の一つではあるのだけれど――欲しいとは言えなかった。母に頼めば、義父へと伝わる。借りを作りたくなくて貫いた些細な意地だ。私は彼に弱みを一つでも見せたくなかった。ほんの少しでも下に見られたら、取り返しのつかないことになる予感があったから。

そしてそれは、当たっていた。たった一歩――彼から退いたことで、私はもう立ち向かう気力を失ってしまっている。

私は役に立たない新聞を手放し、ベンチの上で再び体育座りをした。カリカリと眼帯を引っ掻くが、不安は紛れない。膝に額を押し当てて、これからどうするかを考えようとする。だけど上手く頭は働かず、体が疲れているせいか段々と眠くなってきて、意識が薄れ……。

――ざりっ。

いつの間にか浅く眠っていた私は、微かな物音が聞こえた気がして目を覚ます。

「…………？」

ハッとして顔を上げ、辺りを見回すが誰もいない。寝ぼけていたのだろうかと考えた時、また小さな物音が聞こえた。

規則的で、砂利を踏みしめているような……これは、足音？

どくんどくんと心臓が大きく拍動し、全身に冷や汗が噴き出る。

――カラン。

今度は小石が転がるような軽い音。絶対に気のせいじゃない――線路の方だ！

義父の顔が脳裏をよぎった。

全身が総毛立ち、ベンチから勢いよく立ち上がる。ガタンと大きな音が鳴ってしまったことに背筋が凍ったが、線路の方からも大きな音が聞こえてきた。

「ゃ――!?　いっ……！」

それは裏返った短い悲鳴と、ズサリという物音。声のトーンは高く、静まり返った構内によく響いた。たぶん若い女性の声だろう。義父を警戒していた私は、男の声でなかったことに少し安堵しながらも、戸惑いに眉を寄せる。

慎重にホームの端へ近づき、デコボコした黄色い線を踏み越えて、そっと線路を覗き込んだ。

「…………」

目に映った光景に、困惑する。

線路の間に、小柄な女の子がうつ伏せで倒れていた。身に着けているのは丈の長い白衣で、傍には頑丈そうな小さい革のトランクが転がっている。

状況から見て、線路の枕木につまづいて転倒したようだが、そもそも女の子が線路上にいる理由が分からない。

「……大丈夫？」

とりあえず警戒するような相手ではなさそうなので、私はためらいがちに声をかけてみた。

すると女の子は枕木に手をついて、よろよろと体を起こす。サイズが合っていない大き目の白衣の下には、セーラー服を着ているようだった。

かなりおかしなコーディネイトだ。理科の実習中に抜け出してきたかのような風体。けれど今の状況で授業を行っている学校などないだろう。私のように、私服をあまり持っていないタイプなのだろうか。

私の部屋にあるのは着古した部屋着ばかりで、外に着ていくのは恥ずかしいものばかりだ。だから避難する時も、制服の夏服か冬服かという二択しかなかった。

「うう……」

痛そうに額をさすりながら周囲を見回す女の子だが、ホームにいる私は彼女の視界に入らない。

「あの、ここだけど……」

もう一度呼びかけると、彼女は顔を上げる。少し緑がかった、不思議な瞳の色だった。顔立ちは愛らしく、まるで人形のように整っている。髪は黒色だが日本人ではないのかもしれない。だとしたら言葉が通じていないのかも――。

私は英語でもう一度話しかけようと考えるが、焦っているせいか授業で習ったはずの簡単な定型句すら出てこなかった。だが、あたふたしている私に、女の子は普通に日本語で話しかけてくる。

「――こんなところで、何してるのよ？」

少し甲高く舌足らずな声には、責めるような響きが混じっていた。

「いや……それはこっちの台詞なんだけど。君こそ、何してるの？」

頬を掻きながら問い返すと、彼女は私を恨めし気に見上げながら答える。

「線路を歩いてて……物音に驚いて……転んだ。たぶん、あなたのせいよ」

どうやら私がベンチから立ち上がった時の音に驚いたようだ。だが返答が簡潔過ぎて、状況がまだよく分からない。

「えっと、その――私も線路から音が聞こえてきたから、びっくりして……」

頭を掻きながら言うと、彼女は表情を険しくする。

「謝って」

「……え？」

私は急な謝罪要求に困惑し、彼女の顔を見返す。

「驚かせたのはお互い様でも、被害があったのは私だけ。だから、何か納得できないから謝って」

額と膝をさすりつつ、彼女はとても真面目な顔で私を見つめる。

「ご、ごめん……」

少し理不尽なように思えたが、勢いに押されて私は謝った。

「――うん、ありがと。これで釣り合った気がする」

するとなぜか彼女は礼を言い、ぺこりと頭を下げる。わがままな性格なのかと思ったが、そういうわけでもないらしい。怒気をあっさり引っ込め、すっきりとした顔で白衣の汚れを払っている彼女を眺めて、変な子だなと胸の内で考えた。これまでの人生で関わったことのないタイプだ。

「まあ、それならよかったけど……というか、どうして線路に……どこから来たの？」

立ったままでは距離があるので、ホームの縁にしゃがみこんで問いかける。私の質問を受けた彼女は、線路の先を指差した。

「一つ向こうの駅からよ」

どこからという問いにだけ彼女は答える。理由を話さなかったのは、意図的な感じがした。これ以上質問を重ねるのは良くない気がして、私は「そう……」と頷きだけを返す。

会話が続かない。特に親しい友人のいない私は、目的のない会話をするのが苦手だ。だから質問をためらった途端に、何を話せばいいのか分からなくなる。

少しの沈黙が落ち――彼女はぱちくりと瞬きをしてから口を開いた。

「あなたは？」

逆に質問されて、安堵する。用件があるうちは、話す内容に困らない。

「え、あ、私？　私は穂村《ほむら》――穂村ノノ」

けれど反射的に名乗ってから、別に名前を訊かれたわけではないことに気づいた。私が彼女に事情を訊ねたので、彼女も私がここにいる理由を問いかけたのだろう。馬鹿だと思われてしまったかもしれない。

私はズレた返答をしてしまったことに顔が熱くなるが、彼女は気にした風もなく小さく会釈をする。

「あたしは加連《かれん》。加えるに連なるで、加連よ。ノノはどんな漢字？」

「えっと……漢字はなくて、カタカナでノノ。名前を書くときに時間がかからなくていいだろうって……お母さんが」

昔、母に自分の名前の由来を訊ねた記憶が蘇り、胸の奥が強く軋む。確か小学校低学年の頃だったと思う。そういうことを親に聞いてくるよう先生が宿題を出したのだ。

同級生たちが、それまで平仮名で書いていた名前を漢字で書くようになっていた時期だったので、私は自分の名前に漢字がないと聞いて不満だった。漢字を覚えられない子みたいで、みっともないと思った——。

母の消失を強く意識してしまう。突然の出来事で紛れていた寂しさが、再び心を侵していく。

また一人に戻るのが怖い。この会話が終わってほしくない。

「確かに、二画で済むのなら簡単だわ。とても合理的だと思う。いいお母さんね」

「あ……うん、そうだったのかも……ね」

胸の痛みを堪えながら、彼女——加連に苦笑を返す。中学へ入って名前を漢字で書くかどうかなんてことがどうでもよくなってしまうと、画数の少ない名前は確かに楽だった。テストの時などは、難しい漢字の子より十秒は得をしていた気がする。

だからって母にわざわざ感謝はしなかったし、十秒程度のボーナスで常時低空飛行な私の成績が上がるわけもなかった。けど……ノノという名は、そよ風のようにほんの少しだけ私の背中を押してくれていたのかもしれないと、今ならそう思う。

加連は私の言葉と表情から何かを感じとったのか、口を開きかけて一度閉ざし、改めて言葉を紡いだ。

「ノノは……もしかして、電車を待ってるのかしら？」

さっきよりも具体的に、自身の推測も交えて私の状況を訊ねてくる加連。

「あー……その……」

どう答えるべきか迷っていると、加連は少し言いにくそうに口を開いた。

「電車は、いくら待っても来ないと思うわ。交通機関は、もうどこも動いてないから」

「う、うん、まあそうだよね」

当然の指摘に私が頷くと、加連は訝しげな表情を浮かべた。

「分かっているのなら、なぜ？」

「えっと……休んでいるというか、隠れているというか……」

心細い思いをしていたせいか、初対面の人間につい正直に答えてしまう。変な子ではあるが、嫌いではない。たぶんそれは、さっき母を褒められたからだろう。そんなことで嬉しくなっている自分自身が信じられないけれど、加連に好感を持ってしまっているのは事実だ。

どんなに軽蔑していても母は私の一部だったから、褒められれば嬉しいし、傷つけられれば痛い。きっとそういうことなのだと思う。

一人になりたくないという焦りもあるが、今は加連と話をしたいという気持ちも強い。引っかかりを覚える情報を交えたのは、そうした願望があったからかもしれない。

「……隠れてる？」

案の定、加連は驚いた様子で目を見開く。だが期待に反して、会話はそこで途切れてしまった。

私がさっき加連の事情を問うのをやめたように、彼女も私の事情に立ち入るべきか迷っているのだろう。気まずい沈黙の中、私たちは言葉を探して見つめ合う。

――こういう時、どうすればいいんだろ。

お互いに、現状で踏み込める範囲の質問は出尽くした。これ以上会話を続けるのなら、それは意味のない無駄話だ。

用件のない会話は苦手。それこそ時間の無駄だと思っていた。

だけど今初めて、なぜ友人同士がとりとめもない会話をするのか、理由が分かった気がする。

それは、たぶん一緒にいるため。会話は誰かの傍にいるために必要で――無駄なものなんかじゃない。

中学三年生にしてようやくそんな単純なことを悟るなんて、私は本当に馬鹿なのだろう。

馬鹿だから、悟ったところで会話のネタは浮かばない。

このままだと「それじゃあ、気をつけて」という別れの言葉が口から出てしまいそうで、私は必死に記憶を辿る。

これまでは無駄だと、意味が分からないと馬鹿にしていた周囲の会話を思い返し、現状に応用できそうなものを探した。

そこで私は加連の額に小さな汗の粒が浮かんでいることに気づく。霧で気温が低いのに汗をかくということは、ずいぶん急いでいたのかもしれない。

――そういえば昔、部活の先輩が……。

「あ、あの、歩いてきたのなら喉渇いてない？　そこに自販機あるから、何かジュース買ってきてあげる」

ついぞ誰かに奢《おご》った経験などない私がそんな提案をしたのは、バレー部に入りたての頃を思い出したから。

偶然帰りが一緒になった部活の先輩が、練習で疲れていた私にジュースを奢ると言ってくれたのだ。その時は何でそんな提案をしてくれるのか分からず、借りを作るのが怖くて、思わず遠慮してしまったが……あの先輩は私とコミュニケーションを取ろうとしてくれただけなのだろう。今の私が加連と一緒にいる理由を探しているように……。

「自販機、使えるの？」

「え？　あ、たぶん……まだ確かめてないけど」

売店の窓口はシャッターが下りているが、電気さえ通っていれば自販機は動くだろう。

私が楽観的判断でそう答えると、加連はごくりと唾を呑み込む。どうやら予想通り喉は渇いているらしい。

「じゃあ何か適当に買ってくるね」

幸い財布は持っていた。夏休み中、通院のための交通費として貰ったお金が二千円ほど残っているはず。

私は上着のポケットから財布を取り出し、自動販売機の方へと向かおうとする。

「あ、待って」

「何?」

疑問の視線を向けると、彼女は少しためらいがちに口を開く。

「あの……あたし、お金を持っていないのよ」

「いいよ別に。こんな状況で、使い道なんてほとんどないし」

気にしないでと私は手を振った。加連は私の返答にほっとした表情を浮かべるが、まだ何かモジモジした様子で言葉を続ける。

「……ありがとう。あと、それと……できれば炭酸以外だと嬉しいわ」

どうやら加連は炭酸飲料が苦手らしい。何だかそれが妙に可愛らしくて、私は笑みを浮かべて頷いた。

容姿がいい子は、それを武器というか才能として自覚している感じがあって本来は苦手なのだが、加連にはそういう近づきがたい感じがない。

好感を持った上で見ているせいかもしれないけれど、私の周りにいた人間とは根本的な部分が異なっている気がした。

「うん、分かった。少し待ってて」

足早に自動販売機へ向かい、ボタンに表示が点いているのを確かめる。幸い電気は通じているようだ。

私は五百円硬貨を投入してから考え、無難なスポーツドリンクのボタンを押す。ガコンと取り出し口にペットボトルが落ちてきた。

全力疾走した私も正直喉が渇いていたので、続けてオレンジジュースを購入する。取り出し口から冷たい二本のペットボトルを手に取ると、私はホームの端に戻った。

「あ……」

加連の表情が緩む。それを見た私は、すぐに手渡さずこう言ってみることにした。

「――上がってこない？　ベンチもあるし、少し休憩したら？」

餌で釣るみたいで抵抗があるが、ホームに上がれば、長く話ができるはずだ。また一人に戻るのは……どうしても怖い。

加連はしばし考え込み、何かを確認するように線路の向こうを眺めた後、首を縦に振る。

「そうする」

「手を貸そうか？」

転がっていた小さな革のトランクを拾い上げる加連に、私は問いかけた。彼女一人でホームによじ登るのは難しそうに思ったからだ。けれど彼女は首を横に振って、ホームの端を指差す。

「大丈夫よ。そこに梯子がある」

私のいるホームの上からは死角になっているが、ちゃんと登れる場所はあったらしい。

加連は小走りでそちらへ向かうと、トランクを放り投げてから、梯子でホームに上がってきた。

ペットボトル一本でこんなにたくさん会話ができて、物理的な距離も縮まろうとしている。そのことに感動に近い驚きがある。

これまでの私は、奢るなんて時間とお金を損するだけの行為だと考えていたけど、もう馬鹿にできない。

一緒にいたいのなら、どんな手段でも関わって、関わり続けようとしなければならないのだろう。

自分の資産で他人をコントロールするのは、妙な優越感とわずかな罪悪感がある。でも遠慮している余裕はない。一人になってしまえば母の消失と、義父のことで頭が一杯になってしまう。

私は楽になれると思ったから、世界の終わりを望んだのだ。そして望んだ終末が本当にやってきた。だから、その終末は決して辛くて苦しいものであってはならない。恐ろしいものになってしまえば、それは私の幸運ではなくなってしまう。

これ以上……不幸になってたまるもんか。

「——お疲れ。どっちがいい？」

トランクを持って立ち上がった加連に、私は二本のペットボトルを差し出す。こうして同じ高さで向き合うと、本当に小柄だ。百四十センチあるかどうかも怪しい。白衣の下にセーラー服を着ていなければ、小学生だと思ったかもしれない。

「うーん……」

口元に手を当て、ひどく真剣な顔で悩む加連。どっちがいいと訊いたものの、私としては自分用に買ったオレンジジュースが飲みたかったので、彼女がスポーツドリンクを選ぶように心の中で念じる。

少し子供じみている気がするけれど、何となく思いが伝わってほしいと思ったのだ。

しかし加連は悩んだ末に、オレンジジュースを摑んでしまった。

「あ」

「……何かしら？」

思わず声を漏らしてしまった私を、加連がきょとんとした顔で見つめた。

「何でもない何でもない。どうぞどうぞ」

ちょっとがっかりした気持ちを抱きつつも、笑みを浮かべて私は彼女にオレンジジュースを手渡す。

そして先ほどまで私が座っていたベンチに彼女を誘い、並んで腰を下ろした。

「いただきます」

オレンジジュースを手に、私へ小さく頭を下げてから、加連はキャップを開ける。ぷしゃりと空気が抜ける音が響き、私は喉の渇きを強く意識した。

私もスポーツドリンクの蓋を開け、ごくごくと甘い液体を口に流し込む。

部活の練習上がりを思い出す味だ。懐かしく、ちょっと切ない。基礎練習はきつく、楽しいものではなかったけれど、やるべきことをやって水分補給をした時には満足感があった。

それらはもう、絶対に取り戻せない日常だ。

しばし二人無言で水分補給に勤しみ、ペットボトルの中身が三分の一ぐらいになったところで私は飲み口から唇を離す。

「ふぅ……」

小さく息を吐いて隣を見ると、加連はちびちびとオレンジジュースに口をつけていた。中身はまだ半分以上残っている。

何となく今なら、色んなことを自然に訊ける気がする。

「ねえ、何歳？」

「……十五よ」

軽く問いかけると、少しの間を置いて返事が返ってきた。

「へえ、同いなんだ」

年下だろうと思っていたので、少し意外に思う。私に奢られている状況なら、もっと色々な質問に答えてくれるような気がして、私はさらに問いを重ねた。

ずるいことは自覚しているが、この機を逃せるほどの余裕はない。

「どうして白衣？」

加連の身に着けている大き目の白衣を指差す。

その姿は最初から疑問だった。制服はまだしも、白衣というのが分からない。

だが彼女は平然と、当たり前のようにこう答えた。

「霧の中を歩くと、肌寒いでしょ？」

つまり防寒着として羽織っているらしい。だがなぜ白衣なのかという答えにはなっていない気がする。

しかし加連はそれで十分だろうという顔をしており、変に追及して機嫌を損ねるのは嫌なので、私は次の質問へと移った。

「それ、何が入ってるの？」

加連が足元に置いている革製のトランクを視線で示す。

「……大事なものよ」

まあそうだろうなという答えが返ってきた。けれど先ほど転んだ時はすぐに拾わず、ホームへ上がる時も放り投げていたので、割と扱いは雑に思える。

これももう少し突っ込んでみたかったが、私はぐっと堪えて違う質問をした。

「一つ向こうの駅から来たって言ったけど……何で？」

さっきはスルーされたが、今度は答えてくれるかと期待して返事を待つ。しかし加連は視線を逸らし、無言でペットボトルを握りしめた。

やはりダメだったかと気まずい思いをしながら、私は固くなった雰囲気を緩めようと他の話題を探す。

ブォォォン――……。

そこで車のエンジン音らしき遠鳴りが聞こえてきた。

「っ!?」

背中に冷や水を垂らされたかのように、ビクリと反射的に震える。ペットボトルが落ち、鈍い音をたてて床に転がった。

私は飲み口からスポーツドリンクが流れ出すことには構わず、ベンチから立ち上がって近くの窓に駆け寄った。

高架上にあるホームの窓からは、駅前の様子が一望できる。坂道になっている駅前周辺は薄らとした白い霧に覆われており、車の影は見えない。けれど重く響くエンジン音は確実に近づいてきていた。

震えが止まらない。義父が追ってきたのかもしれないと想像するだけで、足が竦んだ。

追いつかれた時に何が起こるのかは分からない。考えたくない。義父の存在を意識しなければならないこと自体が不快で、我慢ならない。

加連と話している間は頭の隅に追いやることができたのに、血を流していた母の姿が脳裏にまざまざと蘇る。

「あたしも、見ていい？」

思考が停止していた私は、横から加連に服を引っ張られ、「う、うん」と頷いてスペースを空ける。加連は私の隣に並ぶと、背伸びをして真剣な表情で窓の外を見つめた。

「……加連？」

只ならぬ彼女の様子に私は声をかける。すると彼女は窓の外を見たまま、抑えた声で問い返してきた。

「さっき隠れてるって言ってたけど……もしかして、ノノも誰かに追われてる？」

「え……？」

その言い方だと、まるで加連も――。私の表情を横目で見た加連は、こくんと頷きを返す。

「実はあたしも、絶賛逃亡中。奇遇よね」

加連は短く告げ、窓の向こうに視線を戻した。

「逃亡中って……何で――」

問いかけようとする私だったが、彼女の「来たわよ」という言葉で呼吸が止まる。

駅前から続く坂の下――幹線道路との交差点に、一台の車が現れた。大きく心臓が跳ね、頭の中が真っ白になる。

けれど霧を抜けて坂を上ってくる車は、よく見れば黒塗りの高そうな外国車だった。義父の車は白い軽自動車なので、全く似ても似つかない。

「はあ……」

私が思わず安堵の息を吐くと同時に、加連も重い吐息を漏らす。

「――あたしの方か」

「え？」

驚いて加連を見ると、彼女は私に苦笑を向けた。

「追っ手よ。あたしは、あいつらから逃げてるの。気をつけてたつもりだけど……向こうの駅の監視カメラにでも映っちゃったのかしら」

そう言いながら加連は駅前に停まった車をじっと見つめる。運転席側の扉が開き、スーツを着た男が姿を現した。

「一人だけ――？　手分けしているのなら、あたしがここにいる確証はないのかも……じゃあ何とか……」

ぶつぶつと呟きつつ、眉を寄せる加連。

どうやらこれからの行動を思案しているようだが、私は加連の表情に恐怖の色がないことに驚く。あんな大人の男に追われているというのに、怖くないのだろうか。

私よりもずっと小柄で、腕も細くて、武道なんてやったこともなさそうなのに……。

車を降りた男は、迷うことなく駅へ足を向けた。私なら慌ててパニックになりそうなものだが、加連は冷静な顔で視線を巡らせ、ハッとした表情を浮かべる。彼女が見つめているのは、駅前の駐輪場だった。

入り口近くには大量の自転車が乱雑に置かれている。電車が動いていた頃に、急いで避難した人たちのものだろう。

「ノノ、あたし行くわ。ジュースごちそうさま、ありがとう」

早口で加連は言い、ぺこりと深く頭を下げた。

「え、そ、それは別にいいんだけど――どうするつもりなの？」

ベンチに戻ってトランクを持ち上げる加連に、私は問いかける。

本当はよくない。一人にはなりたくない。でも引き留めることができるような雰囲気でもないため、虚勢を張る。

「高架の上じゃ逃げ場がないし、下に降りるわ」

加連はそう言ってちょんちょんと下方向を指差した。

「でもあの男の人、たぶん今……改札の辺りに――」

もう窓からあの男の姿は見えない。大声を出すと聞こえるかもしれないので、私は声を潜めて言う。

「大丈夫よ。ここのホーム、上下線で別になってて……しかもホームには階段が二か所ある。あいつが階段を上ってきた時に他の階段から降りて、外の駐輪場で使えそうな自転車を見つけるわ」

加連も声は小さく抑えつつ、自信満々の表情で答えた。

駐輪場の入り口付近に放置されている自転車は、明らかに乗り捨てられたという感じだ。探せば鍵の掛かっていないものも見つかりそうではあるが……。

「自転車で逃げるの？　でも、相手は車だよ？」

「それも平気。細い道を通れば、まず追ってこられないはずよ。エンジン音もしないから、どこにいるか見当もつかないだろうし」

妙に強気な態度で胸を張った加連は、階段に近づいて下の様子を窺う。

私は正体不明の男の接近に緊張しながら、彼女の背中に小声で問いかけた。

「あの──何か私にできることはない？」

それはたぶん、加連を心配しての言葉ではなかったと思う。単に彼女と離れるのが心細くて、つい会話を引き延ばそうとしただけだ。

だが加連は私の言葉をそのまま受け止めたらしく、感謝するように微笑み──首を横に振った。

「ない。あの人はノノに何もしないから、このままここにいて。もしあたしのことを訊かれても、嘘とかはつかなくていい」

「でも……」

なおも私が言葉を重ねようとすると、加連は自嘲混じりの笑みを浮かべる。

「実はね、あたし……すごい悪人なのよ。これ以上ないってくらいに、悪い女」

「わ、悪い女？」

困惑しながら彼女の言葉を繰り返した。だが──小柄な少女はちょっとばかり怪しいけれど、悪い人間には見えない。

世界がひどいことになっていくのを幸運だと思ったり、飲み物で女の子を釣ったりした私の方が、間違いなくロクでもない人間のはずだ。

「だから――あたしを助けるのは、すごく悪いことよ」

自嘲に寂しげな色を混ぜて加連は言い、私が何か答える前に口元へ指を当てる。静かにというジェスチャーだろう。耳を澄ますと男のものらしき足音が聞こえてきた。

私は彼女の言葉に混乱したまま、息を呑んで状況を見守る。

足音はどうやら向こうのホームの階段へと向かっているようだった。こちらの階段には来ないと判断した加連は、無言で私にひらひらと手を振る。

あ――。

もうこれで彼女とは二度と会うことはないのだろう。それを悟り、私は寂しい思いを抱えながら小さく手を振り返した。

彼女は唇の動きだけでバイバイと告げ、足を忍ばせて階段に向かい――見えなくなる。

取り残された私はベンチに座り直し、大きく嘆息した。

また――一人。一人ぼっち。

これでよかったのだろうか。彼女も私のように追われていたのなら、できることが何かあったようにも思う。一緒にいる方法があったかもしれない。

だがそうした思索や後悔に沈むのはまだ早かったのだと、私は向かいのホームに現れた男を見て悟った。

とても背が高く、体格もいい。髪は黒だが、彫りの深い顔立ちと浅黒い肌は日本人らしくない。外国の人だろうか……。

周囲を見回した男はこちらのホームにいる私に気づき、ハッとした表情を浮かべる。目が合った私も緊張で体を固くした。しかし私が加連でないことはすぐ分かったらしく、何か日本語ではない言語で毒づいて、ホームの待合室や線路を調べ始める。

彼はいったい何者だろう。私には何もしないと言っていたけれど、鵜呑みにしていいのか。しばらくすると男は階段を下りていった。こちら側に来るつもりなのかもしれない。加連のことを訊かれたらどうしようかと焦りながら、私は立ち上がって窓に駆け寄る。

加連はもう自転車で逃げただろうか。それなら正直に話してしまっても、気は咎《とが》めないのだけれど……。

もちろん加連のことを思うのなら上手く誤魔化すのが一番だ。でも嘘を吐いて、それがばれた時のことを考えると、躊躇《ちゅうちょ》してしまう。

薄情で弱い自分を情けなく思いながら、自転車置き場に視線を向ける。

加連はまだそこにいた。

どうやら運よく鍵の掛かっていない自転車を見つけたらしく、前の籠にトランクを入れてサドルにまたがっている。

だがサドルの高さが合っていないのか、自転車はふらふらと左右に揺れて、加連はペダルになかなか両足をかけられない。

まさか、自転車に乗れないんじゃ……。

そんな疑いが湧き上がり、ハラハラしながら私は加連の様子を窺う。すると悪い予感は当たり、彼女は盛大にバランスを崩して自転車ごと倒れてしまう。

「なっ……」

しかも倒れた拍子に他の自転車まで巻き込み、ドミノ倒しで倒れた大量の自転車が騒音を響かせた。

いったい何をやっているのか。

在り得ない。あまりにも間抜け過ぎる。

この状況において、間違いなく最悪の失敗だ。

こちらのホームへ近づいていた足音が止まる。今の音は、彼にも聞こえてしまったのだろう。

「馬鹿っ――！」

思わず声が口から漏れた。あれだけ自信満々だったのに、何て有様だ。このままだと確実に加連はあの男に捕まる。

でも、どうすればいいのか分からなかった。さっき会ったばかりの他人を、危険を冒してまで助ける理由はない。飲み物を奢ったのも、あくまで私自身のため。それに義父よりずっと体格が良いあの男を、どうにかする自信もなかった。

ただ――義父ほどあの男は怖くない。義父に対する気持ち悪さや嫌悪感は、積み重なった時間と感情によるものだ。私が義父を恐れているのは、体格が良くて暴力的だからじゃない。それは単に警戒する理由に過ぎない。

本当に怖いのは、義父の中に蓄積された私への感情。溜め込まれた想いが爆発して、私へ浴びせかけられた時、きっと私は汚染される。今の私ではなくなってしまう。そうなるのが、どうしようもなく嫌だ。

だが今は、その心配はしなくていい。

それに助ける理由はないけれど、助けたいとは思っている。一度好感を持ってしまった相手を、無関係な他人とは見なせない。彼女が男に取り押さえられるところを想像すると、胸の奥がざわめいた。

だからこそ、迷う。理由さえあれば踏み出せるのにと、拳を握りしめる。

『実はね、あたし……すごい悪人なのよ。これ以上ないってくらいに、悪い女』

脳裏に加連の言葉がよぎった。あんなのはただの冗談だろう。私が変な気を起こさないようにと、変な喩《たと》えで釘を刺したのだ。

『だから――あたしを助けるのは、すごく悪いことよ』

でも、もし本当だったとしても……加連が本物の悪人でも、それが何だというのか。

脳裏にちらつくのは、母の姿。

義父の本性が露わになり始めた頃――殴られた場所を押さえてうずくまり、嗚咽を漏らす母を見て、私は何度も言った。あんな最低な男とは早く離婚しろと。それができないなら私が警察に相談すると。

けれど母は私を止め、悲しそうな笑顔を浮かべながら『本当は、いい人なのよ』と口にした。

いい人——いい人だって？

納得なんてできない。でもたぶん母以外の大人も——義父の同僚や知人も、外面が良く、世間体を気にする義父のことを、いい人と評するのだろう。

なら、いい人というのはホントに義父みたいな奴のことなのだ。

義父が〝いい人〟に分類されるなら、私にとって善悪なんて基準は意味がない。

いい人のあいつと同じにはなりたくないから、むしろ悪人で構わない。

「っ！」

私は駆け出す。段を飛ばしながら階段を駆け下りている間に、残っていたためらいは吹き飛んでいく。

私は何を迷っていたのだろう。今すぐに消えてしまいたいと思っていたじゃないか。

私はもうとっくに終わることを受け入れている。霧によってもたらされる終末を心から望んでいる。それが不幸続きの私にもたらされた幸運なのだと信じている。

恐ろしいのは、もっと別のモノ——長い生活の中で私と義父の間に積み上げられてきた何か。母という堰《せき》が失われ、淀み切った滞留物が私へと押し寄せてくる予感に、どうしようもなく怯えていた。

でも……加連を追っている男は、義父じゃない。あいつよりもずっと強そうで、私がかなうような相手には思えないけど、怖がる理由は何もない。

たとえ大怪我を負ったり、死んだりしたところで、それは事故と一緒だ。霧の中で消えるのと、それほどの違いはなかった。むしろ義父に見つかる前に死ねるのなら、嬉しいぐらい。きっと私は私のままで、あいつとは違う〝わるい人〟として終われるから――。

自動改札と駅員室の間を走り抜けて駅の外に出ると、車道を挟んだ駐輪場の前で揉み合う加連と男の姿が目に映る。

カアッとお腹の奥が熱を持った。感情が大きく波打って、涙で視界が滲んだ。

足は止めず、さらに加速する。体格差のある私が有効打を与えるチャンスは、走る勢いを乗せた初撃だけだろう。

男はこちらに背を向けている。抵抗する加連を地面に押さえつけようと身を屈め、まだ私には気づいていない。だが全速力で走る私の靴音は、静かな町に大きく反響した。

男がこちらを振り向こうとする。

けれど昂る感情とは正反対に、私の思考は冷たく冴えていた。

中学三年になって以降、バレーで推薦を取るために道場通いは減らし、怪我をしないように試合は避けた。

〝戦い〟のブランクは約半年。でも、かつて今以上に集中できた瞬間はないように思う。

――一番威力が出そうなのは回し蹴り。でも今の私だと、上手く距離感が測れなくて空振りするかもしれない。このまま体ごとぶつかるなら外れる心配はないが、十分なダメージは与えられないだろう。

引き伸ばされた意識の中で、選択肢は自然と絞られた。

歩幅を次第に大きく――最後に強く踏み切る。

跳躍した私はそのまま右膝を前に突き出して、男へと突っ込んだ。

――飛び膝。

試合ではあまり使いどころのない技だったけれど、今はこれしかない。

駆けた勢いを全て乗せ、振り向いた男の顔面に右膝をめり込ませる。普通ならどれだけ跳んでも頭部には届かなかっただろうが、加連を組み伏せようとしていた男の頭はとても低い位置にあった。

偶然と状況が味方してくれた、これ以上ない会心の一撃。ぞわりと快感に近い何かが、背筋を駆けあがる。

やった――！

男は顔を押さえて地面に倒れ、私も勢いを殺しきれずに転倒した。だが受け身の要領で衝撃を緩和し、すぐに起き上がって加連の元へ駆け寄る。

「加連――大丈夫⁉」

「え……あ、大丈夫……よ」

呆然とした様子で加連は頷く。私は傍に倒れていた自転車を起こし、加連のトランクを籠に入れ、サドルにまたがった。

「早く、後ろに乗って！」

強い口調で加連を促す。男はまだ顔を押さえて呻いているが、しばらくすれば立ち直ってくるだろう。

「どうして……」

「いいから早く！」

まだあっけに取られている加連を急かす。

「う、うん――」

びくりと肩を震わせた彼女は、ぎこちない動きで起き上がって自転車の後ろに腰を下ろした。

「しっかり摑まってて！」

加連の腕が腰に回されるのを確認してから、重いペダルを踏み込む。

「やあああああっ！」

道場で技を繰り出す時のように腹から声を出し、ペダルを回す。一度動き出すと、すぐにペダルは軽くなった。

「――――！」

何か日本語ではない言語で叫ぶ男を置き去りに、自転車で坂を下る。速度はどんどん上がり、加連の腕に少し力がこもったのが分かった。

ハンドルを持っていかれないようにぐっと腕に力を込め、交差点を曲がる。二人分の体重はそれなりで、フレームと足がぎしりと軋んだ。飛び蹴りの時か転んだ時かは分からないが、ぶつけた膝がじんじんと痛む。

でも、そんなことはどうでもいい。体がどうなっていようが、動くなら構わない。

「ノノ……どうして？」

私に強くしがみつきながら、加連がまた疑問をぶつけてくる。

「あたしが悪人だって言ったこと、信じなかったの？　ノノが蹴り飛ばしたのは、正しいことをしてる人なのよ？」

濃い動揺の色を帯びた声が、私の鼓膜を震わせた。

自然と笑みがこぼれてしまう。加連を驚かせたことに、私は妙な爽快感を抱いていた。

「そうだね……どうしてだろうね」

笑いながら私は呟き、考えてみる。理由は色々あった気がするけれど、一番大きなものはたぶん――。

「――きっと、私はわるい人になりたかったのよ」

顔を後ろに向けて、私は得意げにそう答えた。

もうすぐ世界が終わるというのに、こんな無茶をするなんて馬鹿みたいだ。一人は寂しいけれど、一緒にいるのが加連でなければならない理由はない。加連に関わっても面倒事が増えるだけだという予感はある。

でも、後悔は全くない。

やりたいことをやり抜いた達成感が胸に満ちている。

義父のことも、母が消えたことも忘れてはいないが、今はそれらがとても遠い出来事に思えた。

それはたぶん、背中に伝わる加連の体温と、私の腰に回された華奢な腕の力が、とても確かなものだったから。

私に触れている加連は何よりもリアルで、他の全てが薄れていく。

この現実を手放したくないと——私は強く思った。

〈少女は変わり果てた世界をじっと眺める〉

第二章　終わった街で

人間の気分や状態は、基本的に長続きしない。

バレーの試合で調子が上がり、意識が研ぎ澄まされ、どんなプレイも完璧にこなせるようなコンディションになっても、タイムアウト一回でその流れは断たれてしまう。

三十秒後にコートへ戻った時には、再び自分を理想の状態へ近づけていく作業が必要になる。

ただ同じように悪い流れも断ち切ることができるので、こうした人間の仕組みに文句を言うつもりはない。空手の試合でも有効打を取られてから逆転するには、気持ちの切り替えが必要だ。心次第でその瞬間におけるポテンシャルが大きく変わる——人間はそんな生き物で、だからこそ時には奇跡のような勝利だって手に入れられる。

私がさっき、これ以上ない一撃で屈強な男を倒したように——。

あの瞬間は最高だった。去年のバレーボール地区大会決勝、最終セットまで縺《もつ》れ込んだ試合を自分のスパイクで終わらせた時に近い。

ああいう高揚感をまた味わうために、皆〝絶対〟のない勝負に挑み続けるのだろう。すぐに気分の変わる人間は、成功や勝利の喜びを長く味わい続けることはできないから——満たされる一瞬を求めて再び競い合いの中へと戻っていく。

スポーツは手段でしかなかった私も、そうした感覚は理解できた。数あるスポーツの中でバレーを選んだのは、結局のところ一番〝気持ちが良い瞬間が多かった〟から。

ああ……また、バレーがしたいなぁ。

自ら見限った仲間と種目だというのに、そんなことを思ってしまう。それはたぶん、今がとても辛いからだろう。

「はあ……はあ……」

息が切れる。ペダルを漕ぐ度《たび》に右膝がじんじんと痛んだ。

ためらいを振り切って加速を助けることを選べた満足感と、男に膝蹴りを喰らわせた高揚感のおかげで、これまでは何とか辛さを誤魔化すことができていた。けれど次第に最高の瞬間は過去へと移ろい、現在の苦痛が勝り始めている。

霧はとても冷たく、湿度が高いために汗が乾かず気持ち悪い。籠の中でガタガタと揺れるトランクの音が、だんだん鬱陶しくなってくる。

「ねえ、何だかしんどそうよ？　大丈夫？」

自転車の後ろに乗っている加速が、私の変化に気づいて声をかけてきた。

「……あんまり、大丈夫じゃないかも」

「じゃあ、交代するわ。あたしが漕ぐ」

正直に弱音を吐くと、加連はそう提案する。

ありがたい申し出ではあった。車で追跡されるのを想定し、歩道のない一車線道路を進んでいるのだが、先ほどから緩やかな上り坂が続いている。無人の知らない街並みは不気味で、周囲への警戒に意識が取られるため、精神的にも疲れてしまう。このままでは体力の限界は近いだろう。

だが……自転車置き場での様子を見ていた私は、すぐに頷けない。

「加連、自転車乗れるの？」

「の、乗れるに決まってるでしょ」

即答する加連だったが、その声には少し動揺の色がある。

「でもさっき……乗れずに転んでたじゃない」

そのせいで男に気づかれ、ピンチに陥ったのだ。

あんな醜態を見せられれば、彼女の発言を鵜呑みにできるはずもない。

「あれは……さ、サドルの高さが合わなかったのよ。昔はちゃんと乗れたんだから」

「昔って、いつのこと？」

彼女の返答に虚勢の色が混じっているのを見逃さず、私は鋭く追及した。

「子供の頃よ」

「……今だって子供じゃない。何歳の時？」

「たぶん――六歳ぐらい？」

考えるような間を挟んで加連は曖昧に答えた。

「もしかして、それから一度も乗ってない？」

呆れながら問いを重ねた時、ペダルが急に軽くなる。どうやら上り坂が終わったらしい。

足がずいぶん楽だ。けれど疲労で沈んだ気持ちはすぐに上向かないので、私は気分転換に
会話を膨らませてみる。

「まあ……必要なかったし」

歯切れの悪い返事を聞き、私は溜息を吐く。私と同い年の十五歳だと言っていたから九年
のブランクか。それでは転倒するのも当然だ。むしろなぜ乗れると思ったのだろう。

「加連って、バカ？」

「な――失礼なことを言わないで。あたし、これでも大学院生なのよ？」

「え、私と同いなのに？　中学生じゃないの？　その制服は？」

混乱しながら問いかけると、加連は私の腰へ回した腕に力を込めた。

「セーラー服は他人のお下がりよ。ミドルスクールには通ってないわ。エレメンタリースク
ールを三年で卒業した後、そのままハイスクールまで飛び級したから」

さらりと加連は答えるが、その内容は私が普段見聞きする世界の外側にあることばかりで、
冗談か本気か一瞬迷う。けれど彼女が嘘を吐いたり見栄を張る理由はないような気がして、

ひとまず全てを受け入れることにした。

「飛び級……そんな人、ホントにいるんだ。じゃあ加連って、いわゆる天才？」

「――違うわ。単に同年代の中で脳の一部機能が比較的優れているだけよ」

強い口調で加連は否定する。やはり見栄で言ったわけではないらしい。が――私にはいまいち違いが分からなかった。

「それを天才っていうんじゃない？」

ペダルを漕ぐのを少し休み、慣性力に任せて自転車を走らせながら、ちらりと後ろを振り返る。

すると複雑そうな表情の加連と目が合った。

「……ノノは、どうして飛び級なんてシステムがあると思う？」

私の質問には答えず、加連は逆に問いかけてくる。

「えっと……頭のいい人が頭の悪い人に勉強のペースを合わせるのは、時間の無駄だから？」

「それは表向きの理由よ。飛び級する側のメリットね。けどこんな特別な制度を作る以上、飛び級させる側にも利益があると考えるべきじゃないかしら？」

「言われてみれば確かに……」

私が相槌を打ちながらペダル漕ぎを再開すると、加連は重い口調で言う。

「能力に相応しい環境を与えると言えば聞こえはいいわ。けれど、その環境で周囲と対等なのは能力だけ。他はただの未熟な子供よ。同じ能力を持った大人からすれば、とても扱いやすい駒になるでしょうね」

自嘲と皮肉が混じった声を聞き、私はためらいながら口を開いた。

「扱いやすくて優秀だから、早く自分の駒にしたいってこと?」

「――少なくとも、あたしの大学ではそうだったわ。どのゼミも使える子供の確保には熱心だったし。で……最悪なとこに捕まると、一生飼い殺されるか意図的に潰されるわけ」

「うわ……」

大学なんて、中学三年の私にとってはあまりに遠い世界。高校への推薦入学を手にした時は、バレーで実績を残し、高卒でどこかの実業団に入るのが最も理想的な自立への道のりだと思っていた。

だから大学は自分と関わりがないものだと考えていたし、手が届かないものであるがゆえに楽しく人生を謳歌できる場所なのだろうと夢想していた。

でも現実はそう甘くないらしい。

生々しい社会の闇を耳にした私は、前を向きながら顔をしかめる。

「あたしのいた場所での天才は――他人を上手く使って、大きな成果を挙げた人のことなのよ。だから、人の使い方も分からないあたしは、天才なんかじゃないわ」

加連はそこでようやく、自身にとっての天才の定義を口にした。その言葉にはやけに重い何かが込められていて、少し空気が暗くなる。

「そう？　加連は今、私を上手く使ってると思うけど」

雰囲気を和ませたくて、私は軽い口調で告げた。

「な……あたしはそんな──というか、ノノが勝手に──」

冗談のつもりだったのだが、加連は焦った様子で反論しようとする。

「あはは、分かってるって。全部私が勝手にやったことだもんね」

笑いながら私は言い、一度唾を呑み込んだ。ここから先を続けるのは、少しだけ勇気が必要だったから。

きちんと伝えられるだろうか。

いつの間にか自然に話せるようにはなっていたけれど、緊張した途端にどう言えばいいのか分からなくなる。

いや、線路上の加連にホームへ上がってこないかと伝えた時と同じだ。自分が望んでいることを、そのまま口にするだけ。

男に飛び膝を喰らわせた時はただ必死だったが、加連を自転車の後ろに乗せて、彼女の存在を強く感じた時、私はこれからどうしたいのかを自覚した。この現実を手放したくないと強く思った。

なら、その想いを実現させるための言葉を紡ぐしかない。

どくん、どくん、と体の中で拍動する心臓を意識する。

望み──私の望みは──。

「ねえ……私も、このまま一緒に逃げていいかな？」

そう問いかけた声は、我ながらとても頼りない感じだった。

高揚感が過ぎ去った後に訪れたのは、疲労だけではない。

頭から血を流す母と、こちらを見る義父の顔が脳裏にちらつき、追われている焦燥感が胸の中で大きくなってくる。

それでも身体が震えずに済んでいるのは、自転車の後ろに乗っている加連の体温があったからだ。他人の熱と体の感触がこんなにも安心できるものだとは、正直知らなかった。

一人には戻りたくない。一人でいたら、終わりがやってくるまでの時間が、義父に怯え続けるだけのものになってしまう。

加連に出会えたことはたぶん――世界の終末に続いて私にもたらされた、新たな幸運だ。

この子といれば、私は不幸から今よりも遠ざかれる気がする。言葉を交わしていると妙に安心できて、目的のない会話も無駄とは思わない。

こんな他人は初めてだった。空っぽの建物ばかりな街の中で、人が減っていく世界の中で、加連に代わる人間とはもう出会えないだろう。

何か事情を抱えていたとしても構わない。加連を助けるために駆け出した時点で、覚悟はできていた。しかし加連は慌てながら固い声で言う。

「このままって……ど、どこか安全な場所まででいいわよ。あたしの事情に巻き込むわけにはいかないわ」

私は遠慮されたことに内心焦り、自転車のハンドルをぎゅっと握りしめた。

加連は、窮地を救った私のことを幸運だと思っていないのだろうか。こうやって一緒にいることに安心してはいないのだろうか。

気持ちが通じていないことに不安が込み上げるが、そんなことは当たり前だと思い直す。他人の本心なんていくら考えても分からない。

目的があるなら、彼女をジュースで釣った時みたいに図太くならないと。

「安全な場所って？」

とにかく会話をここで終わらせないために、私は質問をぶつける。

「それは……もう結構走ったから、この辺でも……」

「そこからどうするの？　自転車に乗れないなら、歩いて逃げるの？　というか、どこか目的地はあるの？」

曖昧な返事をする加連に、私は矢継ぎ早に問いかけた。不利な状況は勢いで押し切るのが有効だ。大事なのは相手のペースにさせないこと。

これはバレーや空手の試合《たたかい》で学んだ教訓だが、たぶん会話も言葉の応酬である以上、理屈は同じはず。この会話に負けるわけにはいかない。だから加連の隙を見つけなければ。

「目指している場所は……あるわ。自転車はその……少し練習すれば乗れるようになるわよ」

強がりながらも、あまり自信がなさそうな口調で加連は答えた。その言葉には、確かな綻《ほころ》びがあった。

ここがチャンスだと——加連が見せた隙だと、私は直感する。

「あ、乗れないって認めた」

私がそう指摘すると、加連の声はうわずった。

「ち、違うわよ。乗れるけど、少し勘を取り戻す時間が必要なだけ」

「でも、私がいればそんな時間は必要ないんじゃない？」

「そこまでしてもらう理由はないわ。そう——何も理由がないのよ。こんなの……釣り合いが取れない」

何か少しまずい部分を刺激してしまったらしく、加連の声が頑《かたく》なになる。このままでは自転車から飛び降りてしまいそうな危うさを感じ、私は急いで口を開く。

「釣り合いって、メリットとかそういう話？　それだったら、私は単にお節介を焼いてるわけじゃないからね？　ホントのこと言うと……一人でいるのが怖いの」

ここで私まで強がっても仕方がない。少し恥ずかしいが、正直な気持ちを告白した。

けれど——すぐに耳が熱くなる。実際に口にしてしまうと、少しどころではなく、激しく恥ずかしい。

よく考えれば、今までこんなストレートに自分の本音を晒《さら》したことはなかった。

勢いで何を言ってしまったんだと後悔する。でも、何か他に方法があっただろうか。

コミュニケーションの経験値が少ない私にできることは限られている。策がないなら、正面から正直にぶつかるのが唯一の手段だ。

ずっと虚勢を張って戦い続けてきた私が〝正直〟なんて変な気分だけど、少し弱くなるみたいで怖いけれど――他に加連を説得する術《すべ》はない。

「なら……あたし以外の人を探した方がいいわ」

けれど加連は重い口調で言う。なかなかにガードが固い。

「いや、誰でもってわけじゃなくて――できれば加連がいいんだけど……」

気持ちをそのまま口に出すのはやはり凄まじく恥ずかしかったが、私は引かずに言葉を重ねる。

「どうしてかしら？」

納得がいかないという声で加連は訊き返してきた。

「どうしてって言われると困るかも……ただ、加連のことを〝いい〟って思ってなきゃ助けたりできなかった気がする。それにせっかくわるい人になれたのに、ここで加連を放り出したら意味がないと思うし……」

「……曖昧でよく分からないわ。全然合理的じゃない」

呆れ混じりの声で加連は呟き、深々と嘆息する。そして彼女は、私の背中に額を押しつけてきた。

「ノノは――色々と間違えてる。それはたぶん、情報が足りないからよ。だからちゃんと、あたしがどんな悪人なのかを伝えておくことにするわ」

「え……？」

覚悟のこもった加連の声に、私は戸惑う。

いったいどんな罪を告白するつもりなのだろうか。彼女を悪人たらしめる悪行――それを受け止められるか不安になる。

加連がどんな事情を抱えていようが一緒に行くつもりだったけど、いざそれが明かされるとなると自信がなくなっていく。

本当は、知りたくないと思っていたのかもしれない。事情を気にしないというのは、それがどうでもいいと思っているのに等しい。

結局私はまだ加連のことをしっかり見ようとしていなかったのだろう。自分が不幸にならないことに必死で、どうすれば加連の力になれるかを考えていなかった。

あまりに……自分勝手すぎる。

できれば少し心の準備をしたかったが、加連は間を置かず己の罪を口にした。

「今、世界がこんな風になっているのは――大体あたしのせい。だからあたしは誰よりも悪い人間で、誰にも助けてもらう資格はないのよ」

真剣な声音で、加連は告白する。

だがその内容は、あまりにも私の想像から外れていた。肩すかしを喰らったような感覚。

「うーん……？」

冗談、だろうか。でもそんな感じではない。じゃあ本気？　だとすると突拍子がなさ過ぎて反応に困る。まるで悲劇のヒロインみたいな台詞だ。終わりゆく世界を前にして空想の中へ逃げ込むのは、そこまで不自然なことではないだろう。しかし加連には現実離れした妄想に酔っている雰囲気はない。ただ淡々と事実を話している重さがある。

「やっぱり――信じられないわよね」

苦笑交じりに加連は呟いた。どうやらとんでもないことを言ったという自覚もあるようだ。

「まあ、割と……でも、頑張って信じてみることにする。さっきの飛び級の話も結構、その、現実離れしてたから、ついでみたいなものだし」

素直に呑み込める話ではないが、疑う気は起こらない。いや、疑いたくないというのが正しい気持ちだろうか。

「ついでって――全然スケールが違う話だと思うんだけど。というか飛び級のことも疑ってたのね」

困惑した声と共に小さな溜息が聞こえてくる。

「疑ってないって。ひとまず信じてるよ、ひとまず」

「その生温かい肯定には、少しイラッとするわ」

「あはは――まあいいじゃない。信じてることには変わりないんだし。で……ひとまず全部信じてみることにしたらさ、加連を助ける理由は増えちゃうんだけど」

加連の言葉を鵜呑みにしたというよりは、あくまで仮定として考えてみて、その結論に至る。

「……え？　何言ってるのよ――ノノの家族や友達も霧の被害には遭ってるでしょう？　その原因があたしだって考えてみなさいよ？」

私が冗談を言ったと思ったのか、加連は怒ったような声で強く要求してきた。

「まあ被害がないとは言えないけど……」

クラスメイトや部活仲間が霧の中で行方不明になったという話は、うちに回ってきた連絡網で耳にした。母が義父に強く殴られたのも間接的には霧のせいだ。それに母は霧に呑まれなければ、助かっていた可能性もある。ただ――。

「――私さ、いなくなって寂しい人はいるけど……悲しくなる人はいないの。だから気にしないで」

加連をこの状況における加害者だと想定し、私は本心から告げた。

顔見知りのクラスメイト、部活仲間には、多少の情はある。だけど彼らがいなくなることに、寂しさ以外の感情は湧かない。悲しいとはどうしても思えない。

母が消えた時は一人になったことに怯えて、泣いてしまいそうにもなったけれど、その根本にあったのはやっぱり寂しさだと思う。

それはたぶん、彼らのようにいなくなり、終わることが、私の望みだから。世界なんて滅んでしまえと、皆いなくなってしまえと願っていた私が、悲しめるわけはない。

今の私は加連と一緒にいたいと望んでいるが、終わりを期待する気持ちは変わっていない。終末がすぐ傍にあるからこそ、私は加連と共に行きたいのだ。

少し矛盾しているようにも思えるけれど、それが私の心。加連が母の仇《かたき》だと憎むことはできそうにない。仇がいるとすれば、それは私にとって霧でも加連でもなく……あの男。母にあんな終わり方をさせたのは、傷つけて苦しめたのは――義父《あいつ》なのだ。

「き、気にしないでって……」

絶句した様子の加連に私は言葉を続ける。

一度たりとも言葉にしたことのない私の想いを告白する。

「それに私、世界がこうなったことに感謝してたの。ずっと……何もかも……誰も彼も、私ごと消えてほしいって願ってたから」

――言ってしまった。

もう取り返しはつかなくなった。

だが、胸の内に溜め込むしかなかった感情を表に出せたことで、心が軽くなる。

こんなこと、本当なら誰にも言えない。

これは私が世界の敵だと示す言葉。他の人間が私の想いを知れば、警戒し、監視し、排除しようとするだろう。

でも、世界をこんな風にしたと告げた加連に対してだけは、臆さず言える。自分は加連を糾弾する側ではないのだと、示すことができる。

「………」

今度こそ完全に言葉を失くし、加連は黙り込んでしまった。

正直に話し過ぎてしまったかもしれない。だけど、これだけはきちんと伝えなければ。

「もし加連が本当に世界をこんな風にしたのなら、私にとっては大恩人ってこと。あと、加連と話すのは何だか楽しいし……これは十分、助ける理由にならない？」

ペダルを漕いでスピードを上げ、一車線道路の真ん中を走りながら、私は明るい口調で問いかける。

「ノノは……おかしいわ」

返ってきたのは強い困惑を含んだ声。

「──そうかな？　私からすると、加連の方がすごく変なことを言ってると思うけど」

とっくにおかしくなっている自覚はある。でも自分を世界がこうなった原因だとのたまう加連も相当なものだろう。

「ううん……ノノの方が変。言ってることが理解できないし……信じられないわ」

「えー……私は加連の言うこと信じたのに、不公平だー」

否定の言葉に胸が痛んだが、軽い口調で何とか誤魔化す。

加連が戸惑うのは予想できていた。私の境遇や今に至る経緯を説明しなければ、納得はできないはずだ。

「そ、そういう問題じゃないわよ！　大体、世界がこうなってほしかったなんて──」

ぐぅー……。

私の腰に回した腕に力を込めて言い返してくる加連だったが、そこに間の抜けた音が響く。

加連の声は途切れ、痛い沈黙が落ちた。きっと今、彼女の整った顔は桃のような淡い赤に染まっているのだろうと私は考える。その表情を見てみたい気持ちはあったが、彼女の名誉のためにグッと抑え込んだ。

「お腹空いた？」

「…………………少し」

長い間を置いて答えが返ってくる。

「じゃあ、どこかで食べ物探そうか。目的地があるなら、適当に走るんじゃなくてそっちへ向かった方がいいだろうし……さっきのことも含めて作戦会議をしよう」

一応バレーのチームをまとめていたこともあり、今やるべきことを整理し、相談すべきことを選択するのには慣れていた。加連からの信用を得るためにも、一度落ち着いて話し合うべきだ。

「……分かったわ」

先ほどよりは早く返答が聞こえ、背中に触れている加連の頭が縦に動く。

念のため周囲に耳を澄ましてみるが、車のエンジン音は聞こえない。人が生み出す喧噪も、鳥の声も絶えた街は異様に静かで、自転車のチェーンが回転する音が妙に大きく感じる。

高架沿いの大通りからはかなり離れた。加連を捕まえようとしていた男が車で追ってきても、手がかりがなければまず発見されることはないだろう。

ちょうど右手前方には、建物を挟んでスーパーの看板が見えている。比較的高いビルが多いのを見ると、その辺りは商店が集まっているのかもしれない。

今走っている通りにはコンビニも見当たらないため、私はとりあえずスーパーの看板を目指してハンドルを切った。

◇◆

「——これ、どう思う？」

私は割られたガラスの扉を見ながら、加連に問いかける。

そこは看板を見つけてやってきたスーパーの前。周囲の個人商店に比べるとかなり大きな三階建ての建物だ。入り口脇にある表示を見ると、地下一階が食料品、一階が生活雑貨、二階が衣料品、三階が本や文具売り場らしい。昔は私の暮らしていた街にも似たような量販店があったけれど、駅前に大きなショッピングモールができたせいで潰れてしまった。だからこの雰囲気は何となく懐かしいが——今は無人の不気味さの方が勝っている。普段活気がありそうな場所が静かなのは、それだけで大きな違和感だ。

店中の明かりは消えており、営業していないのは明白だった。このスーパーだけでなく、他の店も軒並みシャッターが下りている。もう付近の住民は避難した後なのだろう。ゆえに本来ならまずスーパーの中へ入る手段を考えなければならなかったのだが……その手間は省けた。

正面玄関のガラス扉が——割られているのだ。

「破片が内側に飛び散っているし、誰かがガラスを割って侵入したんでしょうね」

加連は床に散乱しているガラスの破片に目をやり、淡々とした口調で推測を述べる。

「じゃあ、中に人がいるのかな……」

自転車からは降りないまま、私は加連の方を振り向いた。

誰かと鉢合わせする可能性があるなら、食べ物は他の場所で探すべきかと考えたのだが――

――加連はあっさり地面に降り立つ。

彼女が自転車の籠からひょいとトランクを取り上げるのを見て、私は焦った。

「え……入るの？」

すると加連は意外そうな顔で私を見返してくる。

「だって食べ物を探すんでしょう？」

「でも――誰か人がいるかもしれないなら、他のところにした方がよくない？　こんな荒っぽいことをする人に出くわしたらマズいって」

臆病になっている自覚はあるが、どうしても義父や先ほどの男のことが頭に浮かび、警戒心が先に立つ。

「物音が聞こえるようならやめておくわ。けど誰もいないようなら構わないはずよ。たとえ荒らされた後でも、これだけ大きな店なら何かしら残っているはずだし」

そう言う加連のお腹から、再び可愛い音が鳴った。彼女は慌てて私に背中を向け、スーパーの入り口へ歩いて行く。

彼女の方針と状況分析はもっともらしい。けど自転車で逃げようとした時は自信満々だったのに失敗したので心配だ。何か急いでいるのも気にかかる。

先ほどは空腹の度合いを少しと表現していたが、実はかなりお腹が減っているのかもしれない。

「ちょ、ちょっと加連！」

私はスーパーの前に自転車を停め、加連の後を追った。放ってはおけないし、私も車で避難する前に朝食を食べたきりだ。食べ物は家から色々と持ち出したが、それは全て車の中。正直お腹は空いている。

「――ノノ、静かに。あと、大きな破片には気をつけて。靴を履いていても危ないと思うわ」

慎重に扉をくぐろうとしていた加連は、抑えた声で私に注意する。

「わ、分かった……」

色んなことに気づくものだと感心しながら、私は頷いた。相変わらず彼女の言動は妙に頼もしい。

体は小さくて、自転車にも乗れないくせに……この自信と行動力はどこからくるのだろう。

私たちはなるべくガラスの破片を踏まないように気を配りつつ、薄暗い店内へと足を踏み入れる。

空気は生暖かく、家の台所に近い匂いがした。腐臭とまでは言わないが、生モノが発する独特の臭気が薄く満ちている。空調が止まっているせいで、地下の食料品売り場から流れてきた匂いが溜まっているのかもしれない。

一階に人影はなく、特に物音も聞こえなかった。けれど表の表示通り、一階にあるのは生活雑貨ばかりで食料品は見当たらない。

正面には停止しているエスカレーターがあり、加連は無言でそちらを指差す。

食料品のある地下の様子を窺おうというのだろう。臭気の発生源に近づくのには抵抗があり、誰が潜んでいるかも分からない地下は怖いが、食べ物を探すなら他に選択肢はない。

私は頷き返し、なるべく足を忍ばせてエスカレーターに近づいた。

そしてすぐに気づく——地下一階から明かりが漏れている。

それを見ただけで、引き返したくなった。

駅の自販機と同じく、電気の供給自体は止まっていないようだ。けれど人がいなければ明かりは必要ない。ガラスを割って侵入した何者かが明かりを点け、食料品を漁ったのだろう。

ただ、問題は今も人が残っているかどうかだ。いるとすれば、やっぱり危険だろう。確かめるという行為もリスクが高い。

私が怖いのは危険そのものではなく、何かトラブルが起きて加連と一緒にいられなくなること。だからなるべく危ない橋は渡りたくない。

私は加連の白衣を引っ張り、戻ろうと無言で訴える。でも加連は確かめるまで納得しないつもりらしく、エスカレーターのステップを一段下りて階下を覗き込んだ。

私も仕方なく彼女の後ろから地下の様子を窺い、耳を澄ます。

ジャリ――。

聞こえてきたのは、微かな足音。だがそれは地下からではない。後方――私たちが入ってきた入り口の方から！

「っ⁉」

加連と同時に息を呑んで振り返る。

散乱したガラス片を踏みしめて店内に入って来た人物と目が合った。

高校生か大学生ぐらいの男――髪は金色に染めており、腰のあたりからは用途の分からない鎖の装飾品が垂れ下がっている。

加連を捕まえようとしていた男でもなく、私の義父でもない。だから決して最悪な状況ではないのだけれど、どう対応すればいいのか分からなくなってしまう。

できれば関わらずに逃げるのが安全だろうが、男は入り口に立っているのでそれは難しい。ガラス扉が壊されていた以上、他の出入り口は施錠されたままだろう。

加連がちらりとこちらを見たのに気づき、私は一歩前に出る。

とにかく加連を守ろう。加連はまだ一緒に逃げることを認めてくれていないが、関係ない。

私は加連といたいから、彼女を守る。それを行動で示す。

一人にならないために、わるい人であり続けるために――そして彼女が本当に世界を終わらせてくれたのならば、恩返しのために……私は残りの人生を全て使おう。

少しばかり自分の心境を美化し過ぎている気もするけれど、この想いは嘘じゃない。

「あの――」

私は勇気を出してこちらから声をかけようとする。

だが――またしてもタイミング悪く加連のお腹が小さく鳴った。普段なら雑音でかき消されてしまう程度の音だが、静まり返った店内で聞こえなかったことにするのは難しい。

やっぱり加連は、肝心なところが締まらない。何をやってるんだと力が抜けてしまう。

慌ててお腹を押さえる加連を見て、男も表情を和らげる。

「――お前らも食い物を探しに来たロか」

そう言うと男はすたすたと近づいてきて、緊張する私たちの横を通り過ぎた。

「来いよ、こっちだ」

止まったエスカレーターを三段ほど下ってから、男は私たちを振り返る。

どうやら食料品売り場に案内してくれるようだ。だが彼についていくのはためらわれた。

住民が避難した街には、警察もいない。言わばここは無法地帯で、どんな犯罪に巻き込まれてもおかしくないのだ。終末までを加連と過ごすため、無用なトラブルは避けたい。

そうした考えが顔に出てしまったのか、男は苦笑を浮かべる。

「そんな警戒すんなって。俺には連れがいるし、お前らに変な気を起こしたりはしねえよ」

呆れたように言って肩を竦めた男は、ふと思い出したように言葉を付け加えた。

「あ、こういう時はこっちから名乗るもんだよな。俺は戸田《とだ》俊《しゅん》。高二だ。俊って呼んでくれ」

男――俊は自己紹介をし、こちらの反応を待つ。

悪い人ではなさそうな印象だが、判断を下すのはまだ早い。位置関係が変わった今なら逃げることも可能だろう。

方針を決めかねていると、私に代わって加連が口を開いた。

「連れって女の人？　あなたの彼女なのかしら？」

「ばっ――か、彼女じゃねえよ！　ただの幼馴染だ！」

加連としては単純に連れの人間の性別を知りたかったのだろうが、俊は予想外の動揺を示す。何となく彼とその人物の関係性が見えて、私は胸の内で溜息を吐いた。

――青春してるなぁ。

高校二年生ならそういった甘酸っぱい関係性は、それほど珍しくはないのだろう。ただ私は恋愛事にほとんど縁がなかったので、照れている彼の姿が妙に眩しい。

ちなみにその原因は、私が男を警戒していたからだ。義父のような人間と関わるのは御免だったので、男子とは意識的に距離を取っていた。女子に関しては特にこちらから距離を取ったつもりはないが、自分自身のことに必死な私は冷たい人間に見られがちで、仲のいい友人はできなかった。

「ノノ、他に女の子がいるなら少しは安全かもしれないわ」

昔を思い返していた私に、加連が囁く。

「あ、そうかもね。じゃあ、ついていってみる？」

私が確認すると、ためらいなく加連は頷いた。多少のリスクを冒してでもお腹を満たしたいのかもしれない。

「話がまとまったのなら行くぞ。気のいい人ばっかだし、心配すんな」

俊はそう言って私たちに背を向け、止まったエスカレーターを下りていく。声を抑えていても私たちの会話は俊のところまで届いていたらしい。

私と加連は一度視線を合わせた後、彼の後に続いた。後ろからまじまじ見ると、肩幅が広く首も太い。何かスポーツをやっているのだろうか。

いざという時はどうやって彼を倒せばいいのか――そんな物騒なことを考えていると、加連が先を行く背中に問いかける。

「あなたと連れの他にも、誰かがいるってこと？」

加連は、気のいい人ばっかりという俊の言葉に疑問を覚えたのだろう。

「ああ、おっさんが三人いるぜ。俺とサチ――ああ、連れのことなんだが――が来た時、地下で酒盛りしててよ。調理場で料理した食い物を分けてくれたんだ」

その返事を聞き、加連の表情が少し固くなった。

「じゃあ、入り口の扉を壊したのはあなたじゃなくて……その中の誰かなのね？」

「え？　いや――それは分かんねえけど……聞いてねえし。っていうか、何か問題あんのか？」

顔をしかめて俊は言い、敵意と警戒の感情を匂わせた。彼の言う〝気のいい人たち〟への糾弾はやめておけという雰囲気だ。

「——別に。行為自体を咎めるつもりはないわ。ただ非常時とはいえ、〝最初にガラスを割ってしまえる人〟は、危ないと思う。あたしたちの安全のために警戒しておきたい——そう考えることに何か問題はあるかしら？」

けれど加連は俊を睨み、強い口調で問い返す。年上の男子に全く気後れしていない彼女は、とても大人びて見えた。

すごい——どうやったらこんな自信を持てるのだろう。武道の経験がある私でも、体格のいい男性には脅威を覚える。加連にはきっと、揺らがないでいられる強い芯があるのだ。

その芯が何なのか、私はとても気になった。

「……確かに、問題はねえかもな。そうだな——もし万が一ここでヤバいことになった時は、俺が責任持ってそいつをボコってやる。それでいいだろ？」

俊は少し考えた後、真顔でそう提案してくる。平然と〝ボコる〟などと言える彼は危険な感じがしたが、加連は気にした風もなく首を縦に振った。

「ええ、お願いするわ」

その言葉に何となくモヤっとした気持ちを抱く。

加連のお願いが自分以外に向けられたことが、気に入らない。

この感覚には覚えがあった。母が今の義父と交際を始めた時の感覚に近い。

あの頃から母は私を見なくなった。それがとても悔しかった。

たぶん私はあの時、義父に嫉妬していたのだ。

じゃあ、きっと今も――。

「……ノノ？」

私が俊の背中を睨んでいると、加連は不思議そうに声をかけてくる。

「な、何？」

はっと我に返って加連の方を見る。すると彼女は俊がこちらに背中を向けているのを確認してから、エスカレーターの一段低い位置にいる私の耳に顔を寄せてきた。

香水だろうか――ふわりと甘い香りが鼻腔を撫で、急に縮まった加連との距離にドキリとする。親しい友達がいなかった私は、こういう距離感に慣れていないのだ。

「――地下には大人が複数人いるみたいだけど、彼はそれを脅威と感じていないわ。一番危険なのは彼かもしれないから、気をつけましょう」

加連の吐息が耳にかかり、くすぐったい。そして彼女が俊を信用していないことが分かり、ちょっとだけ嬉しくなった。

「う、うん……」

心が浮わついているのを感じながら、私は頷く。

ただ、私もまだ加連に信用されているわけではない。ついさっき、私の言うことが理解できないと言われたばかりだ。だからできるだけ早くタイミングを見つけて、自分のことをきちんと話そう。

それに義父や加連を追っている男の問題も解決してはいないし、この先が安全かどうかも分からない。

気を引き締めなければと考えながら、私は地下に降り立つ。電気はフロア全体に点いているわけではなく、エスカレーターの周囲は暗い。光に照らされているのはレジの表示がある辺りのようだ。

一階で感じた生モノの匂いが濃くなるが、それ以外の匂いも鼻を衝いた。

「お酒臭いわ……」

加連が顔をしかめて呟く。

そう、地下にはむわっとした酒の匂いが充満していて、蒸し暑い。やはり空調は止まっているようだ。

正直……気分が悪い。

これは家の中でもよく嗅いだ匂いで──大抵は義父の怒鳴り声と母の悲鳴がセットになっていたから。

「おっさんたちは、あっちでずっと酒盛りやってんのさ」

俊は苦笑を浮かべて言い、照明が点いている方に向かって歩き出す。

見回すとパンや惣菜、生鮮食品のコーナーは空っぽだ。荒らされた感じはしないので、避難前に売り切ったのかもしれない。

だが飲み物や菓子類は割と残っており、棚の下には空《あ》いた袋やペットボトルが落ちている。こちらは侵入した人間が食い散らかしたのだろう。青果コーナーの野菜や果物も棚に積まれたままで、一階で感じた匂いはこれが原因だと思われた。

明かりが点いている辺りはどうやら酒類の販売コーナーのようだ。大量の空き缶が散乱し、飲み食いをした形跡が生々しく残っている。

「あれ、いねえな……おーい！　どこ行ったんだー！」

俊が大声で呼びかけると、棚の陰から酒瓶を手にした男たちが姿を現した。反射的に体が強張る。

「おー、シュンちゃん。何だぁ、今度は違う彼女を二人も連れてぇ……さっちゃんが泣くぞぉ？」

既に出来上がった赤ら顔で言うのは、スーツを着た四十代ぐらいの男。身なりからしてサラリーマンのように見える。

人は好さそうだが、酔っ払いというだけでどうしても不快感が先に立ってしまう。

「違えよ。上で見かけたから連れてきたんだって。腹減ってるみたいだし、適当に食い物を漁っていいか？」

「……好きにしたらいい。別に許可なんていらないさ。俺らは勝手に入って、勝手に飲み食いしてるだけだ」

俊の問いに答えたのは、ボサボサ頭で髭面の男性だ。着古されたよれよれの服を着ており、あまり関わりたくない雰囲気がある。髪と髭で人相が分かり辛いが、何となく一番年上のように思えた。

「じゃあ僕がまた調理場で何か作ってくるよ。酒のツマミもそろそろ足りなくなってきたところだったからね」

そう言って柔和な笑みを浮かべるのは、小太りな三十代ぐらいの男。他の二人よりも酔いは回っていないらしく、声はしっかりとしている。身なりも綺麗だが、だからといって気を許す気にはなれない。

彼が缶詰やレトルト食品を持ってバックヤードの方に向かうと、俊は誰かを探すように周囲を見回した。

「やっぱサチは戻ってねえか……」

その呟きを聞いたサラリーマン風の男性は、心配そうに眉を寄せる。

「何だ、さっちゃん見つからなかったのか？」

「ああ──上までざっと捜した後、外も見てきたんだけどよ……」

表情を曇らせた俊は、がりがりと頭を掻いた。それを見て加連が口を開く。

「サチさんがどうかしたのかしら？」

「ん、ちょっとな……どっか行ったっきり戻ってこねえんだよ。あ──お前らは見てねえか？　こんぐらいの身長で髪は染めててよ──」

身振りで私と加連の間ぐらいの身長であることを俊は示す。私はかなり身長が高い方なので、サチという人は女子の中では平均ぐらいだと思われた。

どうやら俊は、サチという幼馴染を捜していて私たちと出会ったらしい。

「いいえ、この辺りでは誰も見かけていないわ」

加連がそう答えると、彼はまた落ち着かない様子で髪を掻き、私たちに背を向ける。

「そうか……やっぱもうちょい捜してくるわ」

「あ、待って！」

歩き出そうとする彼を私は慌てて引き留めた。

「何だ？」

そのきょとんとした表情に、私は苛立つ。

俊は先ほど自分が口にした言葉をもう忘れたのだろうか。ここにいる大人たちが何か変なことをすれば責任を取ると言ったくせに、あっさりこの場を離れるなんてふざけている。

だがそれをそのままぶつけても彼の機嫌を損ねるだけだろう。私は怒りを呑み込み、言葉をついだ。

「さっきの人が何か作ってきてくれるまで時間があると思うし、私たちも手伝うよ。食糧以外にも色々必要なものはあるから、それを探すついでに――」

ね、と加連に視線で同意を求める。

酔っ払いの大人の中に二人残される状況は避けたい。濃い酒の臭いは気持ち悪いし、大人の男はただそれだけで怖い。暴れたら手がつけられない猛獣と同じだ。

この場を離れたい気持ちは加連も同じだったようで、コクンと小さく頷いてくれた。

「あたしたちは店内の売り場を見て回りながらサチさんを捜すわ。あなたはさっき調べなかった場所を重点的に」

加連の言葉を受け、俊は腕を組んで考える様子を見せる。

「じゃあ……俺はバックヤードを見てくるか。従業員用のトイレに籠もってるのかもしれねえしよ」

そう言って彼は小太りの男性が向かったのと同じバックヤードの方へ足を向けた。

私と加連も、酔っ払いに引き留められる前にと、急いでその場を離れる。

「まずはこのフロアを見て回る？　これからの食糧も確保しておかなきゃだし」

エスカレーターの前まで戻ってきたところで私は加連に問いかけた。それはここから先も一緒に行動するという意思表示でもあったが、彼女はそこまで深く考える様子は見せずに首を横に振る。

「携行する食べ物を探すなら、まずはそれを入れる鞄が必要よ。確か二階が衣料品売り場だったし、そっちに行きましょう」

行き当たりばったりなことが多い私は、彼女の先を見据えた判断に感心した。

「わ、さすが――」

天才、と言いかけて口をつぐむ。その言葉を使うと怒られる気がしたのだ。

「さすが、何よ？」

「いや……頭がいいなーって」

表現を変えてぎこちなく答えると、加連は呆れたように嘆息する。

「頭の良し悪しなんて関係ないわよ。ノノが頭を使おうとしていないだけだわ」

そう言って加連は止まったエスカレーターを上っていく。

「……ごもっとも」

反論の余地がない指摘に頷き、私は彼女の後に続いた。

止まっているエスカレーターというのは段差が高くて、わりと足に負担がかかる。自転車を降りてからも休憩していないので、太ももとふくらはぎの筋肉がだるい。加連も手にしたトランクが重そうだった。

けれど今は二人きりで、ようやく落ち着いて話せそうな状況だ。疲れているからといって、黙っているのはもったいない。

「ねえ、加連――さっきの話だけどさ……」

二階に着いたところで、私は口火を切る。

「さっきって、いつ？　どの話かしら？」

加連は案内板を眺めながら問い返してきた。このフロアの電気は全て消えているが、地下とは違って窓から光が差し込んでいるため、真っ暗というほどではない。案内板の文字も普通に読み取れる。それによると鞄売り場はちょうどエスカレーターの裏手らしい。

カリカリと眼帯を指で引っ掻き、深呼吸をして気持ちを落ち着けてから、私はためらいがちに口を開いた。

「えっと、私さ——世界がこうなっちゃったことに感謝してるみたいなこと、さっき話したでしょ？　その説明をちゃんとしておきたくて……加連、信じられないって言ってたし……」

並んで鞄売り場に向かいながら、私は横目で加連の表情を窺う。

「ああ……そのこと。あたしも結論を出すのは早かったと思うわ。どんなに理解しがたい事象も、解きほぐせば理解可能なパーツになる……そんなのは研究者の基本的な心構えだったのにね」

言葉の後半には自嘲を込め、加連は苦笑を私に向けた。

「研究者？」

「——大学の研究室に所属してたのよ」

「ああ……だから白衣？」

「最初に言ったけど、これは防寒用。研究室で着るのとは別の普段着よ。制服と一緒に着ていれば、小学生に間違われることはないからって——な、何であたしが自分のことを話してるのよ。ノノが話をするんでしょう？」

顔を赤くして加連は私を睨む。ほとんど自爆のような気もしたが、私は「ごめんごめん」と謝り、ゆっくりと話し始める。

鞄売り場で背負いやすそうなナップサックを物色しつつ、私の家庭環境と抱いていた夢を

――それがあっけなく奪われた経緯を語った。ただ、母が気化したことや義父から逃げていることについては言及しない。私が世界の現状を受け入れている理由には関係がないと思ったし、上手く言葉で説明できるほど自分の中で消化できていなかったから。

「――まあ、そういう感じでさ……事故であっけなく、色々と台無しになっちゃったってわけ」

「じゃあ、その目……」

加連は私の左目を覆っている眼帯に視線を向け、複雑そうな表情を浮かべる。

彼女が眼帯について触れたのはこれが初めて。たぶん一番デリケートな問題だと思って、遠慮していたのだろう。

「うん、もう見えない。この左目と一緒に、私の夢はぐちゃぐちゃ。だから、もう終わってほしかった。私も、世界も、何もかも。そしたら本当にそうなって……それが加連のしたことだっていうのなら、私は心の底から感謝したい。私が寂しいからってだけじゃなく、恩返しのためにも、加連と一緒に行きたいの」

伝えたい気持ちを全部ぶつけると、加連は小さく息を吐いた。

「――そう、何となくノノのことが分かったわ」

「納得してくれた？」

私は期待を込めて加連を見るが、彼女は困ったような顔で頰を掻く。

「それは……ちょっと微妙ね。想像はできるけど、理解はできない感じかしら」

「そっか……」

その返答は残念だったが、そんなものなのだろう。他人のことなんて、そう簡単に理解できるものじゃない。私もまだ加連のことをよく分かっていないのだから。

「正直な感想を言わせてもらうとね――やっぱり割に合わないと思うのよ」

加連は気に入ったらしいナップサックの中を確認しながら、遠慮がちに言う。

「割に合わないって、何が？」

否定的な言葉に不安を覚え、私は問い返す。

「こんなことを言うとノノは怒るだろうけれど――今のノノがすごく辛い状況にあるのは分かるんだけど……それは、長い目で見たら一時の不幸かもしれない」

私とは視線を合わさず、ナップサックを覗き込んだまま加連は言葉を続けた。

「この先……大人になって、ノノは今の不幸なんて忘れてしまえるほどの幸せを手に入れられたかもしれないわ。そんな可能性を……未来を失くしたんだって考えたら……今の状況に感謝するのは間違ってる。だから私を助けるなんて、釣り合いが取れてない」

少し早口になって告げた後、加連は恐る恐るという感じで私を見る。

ズバッと言われてしまった気はするが、私はまだ加連の言葉を咀嚼できていなかったので、考えをまとめる時間を稼ぐために曖昧な笑みを返した。

「えっと、何か……先生みたいなこと言うね」

「――その、ごめんなさい。偉そうに……」

言い過ぎたと思ったのか、加連は申し訳なさそうに顔を伏せる。

「あ、別に怒ってるんじゃないんだって。加連の言ってること、すごく正しいと思うし……私も自分が子供っぽい自覚はあるから……ただ——」

理屈は通らないかもしれないけれど、一言だけ反論したかった。

「未来の自分なんてさ、他人と同じでしょ？　私は、今のことしか考えられないよ」

その言葉を聞いた加連は、ちょっと驚いたような顔をしてから、小さな笑みをこぼす。

「——そうかもしれないわね。あたしも……後のことなんて全然考えてなかった気がするわ」

加連はどこか後悔するような口調で言い、手にしていたナップサックを私に渡す。

「これ、背負ってみてくれる？」

「え、私用？」

てっきり加連が使う鞄を探していると思っていたので、私は驚いた。

「あたし、はっきり言って体力がないのよ。だから荷物は、これで手一杯」

足元に置いていた革製の小さなトランクを示し、加連は悪戯っぽく笑う。

「自転車の籠も小さいし、バッグはこれ一つにしておきましょう。歩くことになったら、荷物持ちよろしくね」

「……いいの？」

加連の言葉は私の同行を認めるものだった。私は驚きつつ、彼女に確認を取る。

「うん、助けてくれることは単純にありがたいし――それに、もしかしたら釣り合っているのかもって思えたから」

「釣り合う……」

よく分からないが、最初に会った時から加連はその言葉にこだわっていた。

「あたしもノノも、後先を考えない者同士――同じなら、釣り合うはずだもの」

迷いが晴れたような顔と声音で加連は言い、私の腕を引く。

そこでようやく、じわりと胸の内に喜びが広がった。

一緒に行ける……一緒にいられる。そう考えると深い安堵感に満たされて、視界が滲む。

こぼれそうになった涙を指で拭って、私は彼女の細《ささ》やかな力に従う。

加連が私の何かを認めてくれたことが、素直に嬉しい。

「地下に戻る？」

エスカレーターの方に向かう加連に私は問いかけた。

「その前にもう少し店内を見て回りましょう。歯ブラシとか携帯の充電器とか……必要になりそうなものは色々あるわ。それにサチさんも探さないと」

「あ、そうだった……」

自分の事情をどう説明するかで頭が一杯だったため、俊からの頼まれごとを忘れていた。

私はひとまずこのフロアに彼女がいないかと大声で呼びかけてみるが、返事はない。

「いないみたいね」

そう呟く加連の横顔を見て、もう一つ忘れていたことに気づく。

「ねえ、加連の行きたいところってどこ？　ここから遠いの？」

生活雑貨の必要性を口にしたということは、一日で辿り着ける場所ではないのだろう。だがそうなると、自転車で走破できる距離なのか心配になる。

「かなり遠いけれど、自転車なら何とかなると思うわ。たぶん……何もかもが終わるまでには、間に合うはずよ」

何もかもが終わるまで——それはたぶん、加速度的に消失している人類が地上からいなくなるまでの時間。テレビで聞いたことを鵜呑みにするなら……あと四日。

ついさっきまで、その四日は早く過ぎ去ってほしい——終わりへ至るための通過点だった。でも今は、それが加連といられる時間に変わった。

そのことは嬉しい。嬉しいけれど……なぜだろう。胸の奥がざわめく。

先ほどはなかったその感情に私が戸惑っていると、加連は終末を見据えているような遠い目をして、目的地を告げる。

「あたしが目指しているのは、東京。そこに会わなきゃいけない人がいるのよ」

「え——？」

東京という地名には驚いた。だってそれはもう霧に沈んだ都市の名前だったから。

でもそれ以上に、会わなきゃいけない人がいるという言葉に動揺する。

正体不明な胸のざわめきも忘れてしまうほどに。

どうやら私は、一人で勝手に舞い上がっていたみたいだ。

加連には目的があって、会いたい人がいて、最後まで一緒にいられるわけじゃない。

そっか……そうだよね。

とても残念で寂しいけれど、仕方ない。せめて行けるところまで、できる限りでいい。

少しでも長く加連といられれば十分だと私は自分に言い聞かせ、こう答えた。

「——うん、分かった。一緒に行こう」

◇◆

三階での収穫は、本屋にあった地図と、フロアの片隅の携帯ショップで見つけた充電器。

二階では替えの下着と手袋。一階では歯ブラシやポケットティッシュなどの生活雑貨。

そして地下でクッキーなどの食べ物を詰め込むと、ナップサックはパンパンになってしまった。

膨らんだナップサックを背負うと肩にずしりと重みがかかる。飲料水のペットボトルは一本にしておけばよかったかとも思うが、今更中身を出すのは面倒だ。

最初は泥棒しているみたいで——いや、実際火事場泥棒ではあるのだが——後ろめたさがあったものの、いつの間にか気にならなくなっていた。

いい人ではいたくない、わるい人になりたいという気持ちもあるが、そういう理屈以上に、妙な爽快感がある。

ルールや制限を破るのは、どうやら楽しいことらしい。私の学校にも不良と呼ばれる生徒たちがいたが、彼らが年中浮かれていた理由をちょっとだけ理解できた気がした。

それに加連と一緒に商品を漁るのは、何だか罪を共有しているようで、心が浮き立つ。

「これで準備はできたわね。それで――どうする、ノノ？」

声を潜め、真剣な顔で問いかけてきた加連に私は面食らう。

「どうするって……何が？」

ここで何か考えることがあっただろうか。

「あの酔っ払いたちのところに戻るのかってことよ。必要なものは確保できたし、このまま立ち去ってもいいんじゃないかしら」

「え、でも、サチさんが見つからなかったことは伝えた方が――」

何も言わず去ることは頭になかったので反射的に言い返すが、加連の言葉も一理ある。

酔っ払いにからまれたらなかなか抜け出せなくなりそうだし、東京を目指すなら時間は無駄にできない。

駅の案内板から得た情報だと、ここはおそらく群馬県。自転車で辿り着ける距離なのか不安だ。

何より、私は男が……大人の男性が苦手だ。余計な関わりは避けたいが、それは何だか逃げるみたいで――義父《あいつ》から逃げ出した瞬間を繰り返すみたいで、強い抵抗を覚える。

どうしようかと私が考え込むと、加連は苦笑を浮かべた。

「ノノがそう言うなら戻りましょう。こんな時だからこそ、後悔のない選択をした方がいいと思うから。でも、もしサチさんがまだ見つかってなかったら――」

表情から笑みを消し、加連は真剣な眼差しを私に向ける。

「な、何？」

「……いえ、やっぱり何でもないわ。杞憂《きゆう》だと思うし。それにいざという時は……」

加連は首を振ってブツブツと呟き、白衣の上から腰のあたりに手を当てた。そして明かりの点いているフロアの一角へと歩き出す。

「か、加連？」

私は戸惑いながら加連を追いかけたが、彼女は何も説明してはくれなかった。

「――おお、やっと戻ってきたな。もう飯できてんぞー」

酒類が販売されているコーナーに戻ると、床に座って宴会をしていたサラリーマン風の男が私たちに手を振った。

ぼさぼさ頭の男性はちらりと私たちを一瞥し、小太りの男性は柔和な笑顔で手招きする。

輪になって腰を下ろしている彼らの真ん中には、缶詰やレトルト食品を調理したと思われる料理が並んでいた。いい匂いが漂ってきて、私も空腹を強く意識する。

俊はまだ幼馴染の少女を探しているのか、姿は見えない。

俊がいなかった時点で引き返そうかとも思ったのだが、その前に見つかってしまい、出直すタイミングを失った。

大人の男たちに囲まれる状況はなるべく避けたかったけれど、仕方ないと覚悟を決める。俊もそろそろ戻ってくる頃だろう。それまでの辛抱だ。酔っ払いに伝言を託すのは不安なので、サチさんのことは彼に直接報告しておきたい。

「えっと……失礼します」

彼らの空けたスペースに私と加速は並んで座り、料理をした小太りの男性に礼を言って割り箸と紙皿を手に取った。

料理は皆でつまむ形式なので、変なものが混ぜられている心配はないだろう。さっき加連が何を言おうとしたのかは分からないが、私だってそれなりに警戒はしていた。飲み物も傍に積まれていた未開封のお茶を選ぶ。

「遠慮せずどんどん食えよ！　足りなくなったらいくらでも矢原《やはら》が作るから心配すんな！」

サラリーマン風の男性は小太りの男性――矢原というらしい――の背中をバンバンと叩きながら、大声で笑う。

「僕は専属の料理人じゃないんだけどなあ……あ、でも可愛い子のためなら、何でも作ってあげるよ」

文句を言いつつも矢原さんは余裕のある態度で笑みを浮かべた。

「は、はあ……」

大人の男性が言う〝可愛い〟は何だか嫌らしくて気持ち悪く、私は曖昧な笑顔で応じる。

加連はあれだけ意味深な態度を取っていたのに、一心不乱に黙々と料理を食べていた。本当にお腹が減っていたのだろう。

「あの——皆さんはどうして避難しなかったんですか？」

何となく間が持たなくなり、私はぎこちなく話題を振る。

「……逃げてどうなるってんだ」

身なりの汚いボサボサ頭の男性は、紙コップに注いだビールを一口飲んでからボソッと呟いた。

気分を損ねてしまったのだろうかと緊張するが、矢原さんが笑顔で取りなす。

「あー、この人はいつもこんな感じだから気にしないで。でも何だかんだで僕たちを追い払ったりしないし、実は寂しがり屋なんだよ」

矢原さんの言葉にボサボサ頭の男性は小さく「うるせえ」と毒づいたが、明確に否定はしない。

そんな彼の空いた紙コップに矢原さんはビールを注いでから、私の質問に答える。

「僕は避難しなかったんじゃなくてね、山を挟んだ隣町から逃げてきたんだよ。そこはもう視界率がかなり悪くて……一緒に避難しようとした家族は、いつの間にかいなくなってた」

そこで初めて加連が食事の手を止め、矢原さんに視線を向けた。

「気化……してしまったんですね」

沈痛な表情で問いかける加連に、矢原さんは曖昧に頷く。

「たぶん――そうなんだと思うよ。家を出て、車に乗るまでのわずかな間に、皆いなくなったから……でも僕は家族を捜し回らずに、怖くなって一人で逃げ出したんだ。でもここまで来て――色々とどうでもよくなった」

乾いた笑いを浮かべた矢原さんは、ビールを一気にあおった。そして昏《くら》い目をしながら酒臭い息を吐く。

けれど重くなった空気を吹き払うように、サラリーマン風の男性が矢原さんの肩に手を置いた。

「そんな顔すんなって、嫌なことは呑んで忘れりゃいい」

「鹿川《かがわ》さん……」

矢原さんはサラリーマン風の男性――鹿川さんに小さく頭を下げた。

もっと呑めと鹿川さんは矢原さんに日本酒を勧め、新しい紙コップにお酒を注ぎつつ、私たちに言う。

「矢原に比べりゃ、俺と峰爺《みねじい》なんて気楽なもんさ。もう失くすもんなんてねえんだからよ」

鹿川さんはボサボサ頭の男性、峰爺――愛称だろうか――を示し、自嘲気味な笑みを見せた。

「……ふん」

不機嫌そうに峰爺はそっぽを向き、何も言わない。けれど鹿川さんは構わずに話を続けた。

「俺は会社にクビ切られて、家族には見限られて、ホントに何もなくなっちまってよぉ。なのに未練たらしくスーツ着て、いつもの時間に家を出て、けどやることはねえから昼から公園で酒を呑んでるようなロクデナシさぁ……ああ、峰爺はその時に知り合った……いわゆる公園仲間ってやつだ」

鹿川さんの言葉に峰爺は「一緒にするな」と小さくぼやく。けれどその声は酔っぱらった鹿川さんには届いていなかったらしく、彼は愉快そうに笑う。

「はは――そん時からやってることは何も変わっちゃいねえ……つまりだ、俺はこの状況に全く困っちゃいないのさ。むしろタダ酒がいくらでも呑める勝ち組だな、超勝ち組」

「……うるせえ。ただ負けっぱなしってだけだろうが」

峰爺は顔をしかめつつ、空っぽになったビール瓶を荒々しく脇に置いた。

そんな彼らを見て、私は気づいた。ここにいる大人たちは例外なく絶望しているのだろうと。

ここに留まっているのは、生きようとしていないから――。

彼らは終わりが来るのをただ待っている。加連と出会う前の私と同じ。酔った大人の男性に対する不快感は消えないが、似た者同士だと考えると、ほんの少しだけ警戒を解いてもいいような気になってくる。彼らは義父のように外面を取り繕おうともしていない。

だが加連の様子を窺うと、彼女はなぜか食事の手を止めたまま、厳しい表情を浮かべていた。

いったいどうしたのだろう。気になって問いかけようとするが、ちょうどそこでバックヤードの扉が開くのが見えた。

——やっと戻ってきた。

営業時は店員以外入れないバックヤードから出てきたのは、憔悴《しょうすい》した顔の俊だ。

彼は力のない足取りで私たちのところへやってくると、深々と嘆息する。

「ったく……サチのやつ、ホントにどこ行きやがったんだ……？」

「そう——サチさん、見つからなかったのね」

手にしていた紙コップを床に置き、加連は固い声で呟いた。そういえば加連は先ほどサチさんが見つからなかった場合のことを気にしていたように思う。

「ねえ、一つ訊いてもいいかしら」

腰を下ろさず、まだ捜索を続けようか迷っている様子の俊に、加連は問いかけた。

「いいぜ、何だよ？」

「あなたとサチさんは、どうしてここへ来たの？」

とても大事な質問だというように、加連は先ほどの話題を俊にも振る。すると彼は恥ずかしそうに視線を逸らし、口を開いた。

「いや、俺たちは一度家族と一緒に避難したんだけどよ……サチがどうしても残してきた玉吉——あ、飼い猫のことなんだが——そいつが気になるって言い出して……一人で飛び出しそうな勢いだったから、仕方なくついてきたってわけだ」

「……そう、あなたたちは良い人ね」

加連に褒められて俊は顔を赤くしたが、すぐにその表情を憂いが覆う。

「良い奴なのはサチだけさ。けど——ここまで見つからねえなら、やっぱ消えちまったのかな」

とても寂しそうに——悲しそうに、俊は呟いた。

状況から見て、その可能性は高いだろうと私も思う。だが加連は強い口調で断言した。

「いいえ、この辺りは霧がまだ薄い。このぐらいの濃度じゃ気化現象は起こらないわ」

「そうなのか……？」

眉を寄せて俊は加連を見る。霧の中で人が消える理由を知っているような口ぶりに、私も首を傾げる。しかし加連が今の状況を作ったのなら、むしろ知っていて当然なのかもしれない。私はそう思い直し、彼女の言葉を待った。

加連は言い過ぎたと思ったのか、誤魔化すように小さく咳払いして答える。

「——ただの推測よ。でも、とにかくあたしにはサチさんが消えたとは思えない。お店の中はちゃんと全部捜した？」

「あ、ああ……表も裏も、ついでに外も見て回ったぜ」

戸惑いながらも俊は自信のある口調で答えた。

「そう」と加連は呟き、大きく深呼吸をする。私は彼女が何か覚悟を決めたように感じて、眉を寄せた。

いったい何をしようとしているのだろう——。

「あたしはたぶん、捜していない場所があると思うわ。たとえば——人がいるはずのない場所とか。そうね……こういうお店なら、大きな冷凍室が調理場にあったりしない？」

ぞくり——と背筋に悪寒が走った。

加連が言葉を紡いだ瞬間に、場の空気が変わったのだ。

その変化はあまりに唐突で、彼らの動きは迅速だった。

バリンと瓶が割れる音に驚いて振り向くと、目の焦点を失って倒れようとしている俊の姿が目に映る。

傍には割れたビール瓶を手にした鹿川さんが無表情で立っていた。

「な——」

私は驚いて立ち上がろうとするが、横にいた矢原さんに腕を掴まれ、床にうつ伏せで押さえつけられる。

力が強い——体が重い。暴れようとしても関節が痛むだけで、抜け出せない。

何が起こっているのか、全然分からなかった。

先ほどまで笑みを浮かべ、言葉を交わしていたはずの大人たちは、まるで別人——いや違う生き物になってしまったかのようだ。

首だけを何とか動かして状況を確認すると、倒れた俊は鹿川さんと峰爺の二人がかりで拘束され、ロープのようなもので体を縛られようとしていた。

一番小柄な加連は放置されているものの、彼女では私や俊を助けることはできないだろう。

矢原さんは柔道の経験でもあるのか、上手く体重をかけて私の身動きを封じている。こうなってしまうとどうにもならない。手首を掴む力の強さに恐怖を覚え、頭の中が真っ白になっていく。

このままでは加連も——。

だがそう思った途端、全身を再び駆け抜けた悪寒によって意識が鮮明になった。

俊が拘束されたら、鹿川さんと峰爺は彼女を襲うだろう。

そんなのはダメだ。嫌だ……許せない。

加連が傷つけられるのは、きっとすごく——私が痛い。

だからそれだけは、本当に最悪な結果だけは避けようと、私は声をあげた。

「加連！　逃げ——」

しかし、私の言葉は遮られる。

何かが弾けたような——空気を震わせる轟音によって。

その音は、一瞬で全てを制圧した。大人たちも、もがいていた俊も、叫ぼうとしていた私も、誰もが例外なく動きを止める。

そして皆がゆっくりと音の発生源に視線を向けた。

加連が、黒い金属の塊を頭上に向けている。それは映画やドラマではよく目にするもの。

だが、普段の生活ではまず見ることのないモノ。

「銃……？」

私ではない誰かが、掠れた声で呟いた。

彼女は掲げていた腕を下ろし、私を押さえ込んでいる矢原さんに銃口を向ける。

「ノノから離れて」

短く命じられると、矢原さんは「は、はは……」と掠れた声で笑い、両手を上げて私の上から退いた。

解放された私はしばし呆然としていたが、加連が手招きするのを見て我に返り、彼女の元に駆け寄る。

思いもよらない手段で助けられた驚きと、自由になった安堵と、大人たちへの怒りと嫌悪が胸の中に渦巻いているのを感じながら、私は加連の横に並んだ。

近くで見ると加連の肩は小さく震えている。私を助けるために勇気を振り絞ってくれたことが分かり、私はそっと彼女の肩を抱いた。

——嬉しい。逃げることもできたはずなのに、加連は私を助けることを選んでくれた。

武器を持っていたから当然だなんて思わない。その引き金を引くのがどれほど大変なことだったのかは、彼女を見れば分かる。

肩から伝わる震えが、加連の為したことの大きさを示していた。

感謝するように私へちらりと視線を向けた後、加連は狙いを鹿川さんと峰爺に変える。

「あなたたちも、彼を解放して。ここで——苦しんで死にたくないのなら」

その警告を受け、彼らも俊から離れた。

絶望して死を待つだけの大人たちも、撃たれることは怖いらしい。

彼らは一様にひきつった卑屈な笑みを浮かべている。先ほど襲いかかってきた獣のような顔といい、人間はこんな簡単に豹変してしまえるのかと私は怒りに近い感情を抱いた。

解放された俊は顔を真っ赤にして立ち上がり、鹿川さんを無言で殴りつける。

悲鳴をあげて倒れる彼に馬乗りになり、さらに拳を振るおうとしたが、加連が鋭い声でそれを制止した。

「サチさんを助けたいなら、そういうことは後回しにした方がいいわ。まずは彼らを縛って動けないようにして」

彼らが用意していたビニール紐を加連は視線で示す。

「あ、ああ――」

サチさんの名前を出されたことで我に返った俊は、ビニール紐を拾い上げた。

俊が大人たちを縛り上げている間、加連は油断なく彼らを牽制し、全員が手足を縛られたのを確認すると、大きく息を吐いて銃口を下ろす。

「……じゃあ、急いで冷凍室を確認してきて。たぶん、まだ生きているはずだから」

加連がそう言うと、俊は頷いてバックヤードに駆け込んでいった。

私は手足を縛られて転がる三人の男たちを眺めた後、加連に問いかける。

「ねえ、それ……本物?」

おそるおそる加連が持つ黒い金属の塊を指差すと、彼女は苦笑を浮かべて頷いた。

「うん、あたしを護送していた人たち――ノノが膝蹴りを喰らわせた男の仲間から、逃げる時に拝借したのよ。ちゃんと弾が入っていてよかったわ」

そう答えると、ピストルを白衣の内側にしまう。

その武器についてはもっと色々訊ねたいことがあったが、それで説明は終わりだという雰囲気を出され、私は言葉を呑み込んだ。

そして仕方なく、別の質問に切り替える。

「加連は、ずっとこの人たちを疑ってたの？」

その問いかけに加連は首を縦に振った。

「あたしたちが俊さんと最初にここへ来た時、彼らは棚の陰から出てきたでしょう？　まるで隠れていたみたいに……それに、酒瓶の持ち方が変だったわ」

「酒瓶の持ち方？」

私は全然気づかなかったので、どういうことかと説明を求める。

「こう――逆さに注ぎ口の方を握りしめていて……たぶんさっきみたいに酒瓶で殴りかかるつもりだったんでしょうね。でもあたしたちがいたから、一旦取りやめた……」

加連は身振りで示した後、床に散乱している瓶の破片と飛び散った酒を眺めた。

「でも、どうしてそんなことを……」

「それはこの人たちに訊いた方が早いんじゃないかしら」

転がされた男たちに加連は答えを求めるが、彼らは視線を逸らして何も答えない。けれど加連が白衣の内側に手を伸ばすと、矢原さんが慌てた様子で口を開く。

「僕が調理室で料理をしていた時に、あの子が一人で手伝いに来たから……つい──さ」

仕方ないだろうという感じで弁解する彼の姿に、私は強い嫌悪感を抱いた。

「それで……襲ったの？」

私が問うと彼は目を合わせずに頷く。

「ああ──けど抵抗されて……冷凍室に逃げ込んだから、外からカギを掛けて閉じ込めて……鹿川さんたちに相談して……」

そこまで説明されて私もようやく状況を理解できた。

閉じ込めているサチさんを好きにするため、三人で共謀してまずは俊を排除することにしたのだろう。もしその時点でサチさんを殺してしまっていたなら、俊を襲う動機もなくなる。

ただ行方不明ということにしておけば、気化したのだと俊は勝手に納得するに違いない。

だから加連は、サチさんが生きているはずだと俊に言ったのだと思う。

するとそこでバックヤードの扉が開き、俊が女の子を支えながら出てきた。俊の上着を着て身を震わせているのが、サチさんに違いない。

彼女は縛られて転がっている男たちを見ると、顔をひきつらせて無言で俊にしがみついた。

その様子に胸が締めつけられる。

男たちは自分がサチさんにどれほどの恐怖を与えたのか、分かっているのだろうか。

怒鳴り散らしたい衝動に駆られるが、加連が私の腕を横から引いた。

「ノノ、もう行きましょう」

「……うん、そうだね」

何を言ったところで、きっと彼らの心には届かない。そう考えて私は頷く。

私たちの会話を聞いた俊は、真剣な顔で頭を下げた。

「本当に助かった――ありがとな」

銃のことについては一切触れず、彼はただ礼を言う。サチさんも顔を上げ、ペコペコと何度もお辞儀をした。

「俺たちも荷物をまとめたら、ここをすぐに出る。もう会うことはねえと思うが――ま、お互い頑張ろうぜ」

俊の表情には、何かを覚悟しているかのような色がある。たぶん彼も避けようのない終末が近づいていることを感じているのだろう。だからこそ「気をつけて」や「元気で」という言葉は選ばなかったに違いない。

加連は俊の別れの言葉に笑みを浮かべ、転がっている男たちを指差す。

「ええ、頑張りましょう。ちなみに、この人たちはどうするのかしら？」

「――こいつらをボコってもサチは泣くだけだろうし、このまま放っておくさ」

俊の返事を聞き、彼らは安堵の表情を浮かべた。けれどそれが俊の神経を逆撫でしたようで、彼は強い怒りを込めて吐き捨てる。

「餓え死にする前に、気化できることを祈っとけ」

それで彼らは自分たちの先に待ち受ける未来を理解したのか、顔を青ざめさせた。

「じゃあ——さよなら」

私は俊とサチさんに手を振り、荷物を詰め込んだナップサックを背負って歩き出す。

加連も革製のトランクを手に、私の隣に並んだ。

そこからエスカレーターを上り、肌寒い店の外に出るまで無言が続く。色んなことが一気に起こったせいで、まだ頭の中が整理できていなかった。

だが、停めてあった自転車のところまで来て、これから私は加連と一緒に旅立つのだと実感する。

一方的に私が同行しようとしているわけではない。加連は私が傍にいることを認めてくれているのだ。

そう考えると喜びが湧き上がってきて、少しずつ緊張がほぐれていく。

ただ——加連が手にしていたピストルと響き渡った銃声は、はっきりと記憶に焼きついていた。

今も白衣の下にあの武器があるのだと強く意識してしまい、自然と視線がそちらに向く。

加連はそんな私の様子に気づいていたのだろう。

私の腰に手を回して自転車の後ろに乗った直後、小さな声で私に囁いた。

「ノノ——あたし、東京に行って会わなきゃいけない人がいるって言ったでしょう？」

「うん」

私はただ頷き、加連の言葉を待つ。

彼女は一呼吸の間を挟んで、強い意思を込めた声で告げた。

「あたしは、その人に会って——確かめたいことがあるの。どうしても……絶対に」

後ろにいる加連の表情は分からない。

だけどその声音は、何だかとても怖い感じがした。

〈太陽と月が天を一回りしても、彼女は一歩も動かなかった〉

第三章　白い旅路

ペダルを漕ぐと、チェーンが軽い音をたてて回る。

タイヤは低い音を響かせてアスファルトをこすり、私と加連を乗せた車体を前に運んだ。

カーブや上り坂で負荷がかかると、自転車のフレームは鈍い音をたてて軋む。比較的軽い（と思う）十五歳少女の体でも、二人分だと少しばかり過積載らしい。

空は青色から橙《だいだい》へのグラデーションを描き、雲に半分隠れた夕日が山の向こうに落ちていこうとしていた。

太陽の光は眩しいが、温かい。風と霧で冷えた肌に、熱がぴりぴりと沁み込んでくるようだ。

私が自転車を走らせているのは、普通は立ち入ることのできない自動車専用道路。

高架ではなく、地面が盛られた高台に片側三車線の広い道路が敷かれている。道路脇の柵は低く、周囲の景色が遠くまで見渡せた。

道路の付近にあるのは田畑ばかりで、高い鉄塔が道路に沿って一定間隔で設置されている。霧が低地に溜まっている場所では、鉄塔が雲海から生えているようにも見え、ふと自分がいる場所を見失いそうになってしまう。

いや、実際私は自分がどこを走っているのかを分かっていない。スーパーマーケットを出た後は、何度か休憩を挟みつつ加連の指示に従って自転車を漕ぎ続けている。

休憩の度に、加連は充電した携帯端末で地図を調べていた。GPSで現在地も分かるのだと加連は説明してくれたが、携帯を持っていない私にはあまりピンとこない。

とはいえ、ちゃんと道を確認しているなら大丈夫だろうと、特に疑いもしなかったのだが――ここに来て少し不安を抱く。

「ねえ、加連……ホントにこっちでいいの？」

夕日を正面に受けてペダルを漕ぎながら、私は後ろに乗る加連に問いかけた。

太陽の沈む方に向かっているのならば、西へと進んでいることになる。だが東京を目指しているのなら、その進路はおかしい気がした。

私の家があるのは、茨城県の内陸側。確か義父はそこから栃木県――西の方へと車を走らせていたはずだ。

駅の案内板や道路の案内標識で得た情報から推測すると、ここはたぶん埼玉に近い群馬の南部だろう。頭の中にぼんやりと地図を思い浮かべ、位置関係を想像してみると……東京は恐らく真南か東南方向だ。

日が沈む方角に向かうのは、目的地から遠ざかっているように思うのだが——。

「ええ、大丈夫よ」

しかし加連は、自信に満ちた揺らぎのない声で返答する。

それだけで〝ならいいか〟と思ってしまいそうになるが、私は念のため言葉を重ねた。

「でも、方角が違うんじゃない？」

「遠回りをしているのよ。追いかけてきている人たちは、あたしが東京へ行きたがっていたことを知っているから、真っ直ぐに目指すのは危険だわ」

「……なるほど」

その答えを聞いて納得した。

追っ手を気にしていたのは私も同じ。義父が自衛隊の避難船があるという噂を信じて、東京を目指す可能性は低くない。なので真っ直ぐ東京に向かうのは不安だったのだが、加連もそれを考慮していたらしい。

ただ……追っ手の話題が出たことで、加連が彼らから奪ったというピストルの輪郭が頭をよぎる。

加連は今も白衣の下にあの黒い金属の塊を隠し持っている。私がそのことを気にした時、加連は東京に会わなきゃいけない人がいて、確かめたいことがあるのだと語った。

その人に会って、用件を済ませた後、加連はどうするつもりなのだろう。

耳に残る銃声のせいで嫌な想像が膨らみ、慌てて頭を振る。

具体的なシーンを思い描いてしまうと、加連のことが怖くなってしまいそうで――それが何より恐ろしい。

せっかく一緒に行くことを認めてもらったのだから、私はもっと加連と打ち解けたい。そのためには勝手に疑心を募らせるより、早く詳しい事情を聞くべきだろう。加連が告白した直後に問えばよかったのだが、その時はとっさに言葉を返せず、タイミングを完全に逸していた。会話の経験値不足は、こういうところで響いてくるのだ。

あと自転車を漕ぎながら会話するのは結構疲れるため、長話は避けていたというのもある。

――ううん、それは言い訳か。

私はたぶん、加連が抱えている事情の一端を垣間見たことで少し引いてしまったのだ。怯えた、と言い換えてもいい。

世界がこんな風になった原因だと言われた時は何も感じなかったが、ピストルを実際に見て、あの空気が破裂するような銃声を聞いて――加連は私よりずっと強いことを思い知った。ただ逃げている私とは違う。加連はあの武器で何かに立ち向かおうとしている。

それを突きつけられ、私は気後れしてしまっていた。

――こんなんじゃダメなのに。

加連は私を〝釣り合っている〟と言ってくれた。その意味をちゃんと理解できているわけではないけれど、少なくとも私と加連は同じ立ち位置でなければいけないのだと思う。事情を訊くのも遠慮しているようでは、あまりに情けない。

自分の不甲斐なさに重い溜息が漏れる。

けれど加連は私の溜息を別の意味に取ったようだった。

「……ノノ、疲れた？」

「え？　まあ……少しね。でも、まだ大丈夫だから」

胸の内側にこびり付いている負い目のせいか、つい強がってしまう。正直に言うと足は重く、膝が痛む。けれど道が平坦な間は、頑張れないこともないはずだ。

「そう――だけど、そろそろ夜を明かせそうな場所を探した方がいいわね。できれば日が沈む前に……」

私の状態を看破したわけではないだろうが、加連はそう提案する。

「夜は先に進まないの？　街灯は点いてるみたいだけど」

加連の言葉はありがたかったが、私は疑問を覚えて問いかけた。

道路脇に並ぶ街灯は既に点灯している。行き交う車がなくとも、自動で灯るようになっているのだろう。

私は片目が見えないので、細い道を走るのは怖い。だが広くてカーブが緩く、明かりも十分なこの自動車道であれば、夜も走ることはできるはずだ。

「暗いと霧が見え辛くなるわ。霧の濃さを判断できない状態で進むのは危険よ。気化のリスクはなるべく低くしておきたいの」

「霧の濃さ……？　そういえば、スーパーでもそんなこと言ってたよね。この辺りの霧の濃度じゃ気化現象は起こらないって。それ、どういう意味なの？」

サチさんがいなくなったと聞いた時、加速は気化現象によるものではないと断言していた。本当に加速が世界をこんな風にしたのなら、気化現象の謎について知っていてもおかしくはないが……。

「霧が濃いほど、気化する可能性は高まるってことよ。ノノも霧と気化現象が無関係じゃないことぐらいは、何となく分かってるでしょう」

「まあ……人が消えるのは、霧の中でって話だし……」

曖昧に私は頷く。母がいなくなった時も、そうだった。

霧に包まれた街や村からは人が消える。そんな報道が続き、気化現象の存在が明らかになり、霧が濃い場所は危険だという認識が広がった。だから別に加速が荒唐無稽なことを言っているとは思わない。

引っかかるのは、加速が霧と気化現象の関わりを確信し、その上で迷いなく行動を決めている部分だ。

「八月中旬から急増した行方不明者の統計と、霧の濃度を照らし合わせれば、気化現象の発生条件は明白だわ。日本では確か視界率を使っていたわね。それを基準にすると……気化現象が発生するのは、視界率が三十％を下回った地点よ。この周辺は七、八十％ぐらいだろうけど、風向き次第で局地的に霧が濃くなるかもしれない。だから自分の目でしっかりと状況を確認することが必要なの」

背中から聞こえてくる加連の声には確信が込められていた。

少し前まで映っていたテレビでは、各分野の専門家があれこれと仮説を述べていたが、こんな風に自信を持って話していた人はいない。

気化現象を捉えたという映像は、どれも霧に包まれて見えなくなった人が、霧が晴れた時にいなくなるというだけのもの。人間が気体になる瞬間は誰も見ていない。

だから国も気化現象の存在をなかなか認めなかった。駅で見つけた三日前の新聞記事に書いてあったように、ようやくそこで否定しないというスタンスに変わった程度だ。だから加連が口にしたようなデータは公的機関からは一切発表されていない。

「……そこまで断言できるのって、やっぱり加連がこの状況を作った人だから？」

ちょっと勇気を出して、踏み込んだ質問をしてみる。

加連の言葉を信じるとは言ったが、私はまだ心から受け入れているとは言いがたい。自分と同い年の女の子が世界をこんな風にしたなんて言われても、現実感がなさ過ぎる。

あのピストルとは違う。

生々しく暴力的で、簡単に現実を覆してしまえるあのインパクトに比べると、あまりに薄い。世界全体に関わる大きなスケールの話をされても、私の価値観からはかけ離れているため、遠近法的な感じで逆に小さく見えてしまう。

「そうね——詳しく聞きたい？」

「それは……」

けれど逆に訊き返されて、言葉に詰まる。

もちろん聞きたいからこそ問いかけたのだが、改めて考えると違和感がある。

たぶん私は難しい話をされても理解できない。というか私にとって大事なのは〝何もかもが終わるまでの時間を、なるべく長く、楽しく、加連と一緒に過ごす〟ことであり、世界が滅ぶ理由にたいした興味もない。

ならどうして質問をしたかと言えば……知りたいからだ。

ただそれは世界が終末に向かっている要因とかではなく、加連がどんな子で何を考えているのか――ということ。

そのために必要なら、難しい話も頑張って聞こう。分かるとこだけ分かればいい。

「……うん、聞かせて」

私は眩しい夕日に目を細めながら、加連に答える。

すぐに言葉は返ってこない。風の音を聞きながら、彼女が口を開くのを待つ。

「ノノ――」

一定間隔で設置された街灯を五つほど通り過ぎた時、加連のか細い声が耳に届いた。

「何？」

「……ノノは、幽霊の存在を信じているかしら」

「え？」

「幽霊、霊魂、ゴースト――そういったモノ、信じてる？」

加連は強い口調で問いかけてきた。この質問が世界の現状についての〝詳しい説明〟に繋がるのだろうか。

私は疑問を抱きつつも、少し考えて返事をする。

「えっと……信じて、ないかな」

実在すれば面白いと思うし、積極的に存在を否定する気はない。だが信じているかどうかと訊かれたら、間違いなく信じてはいなかった。

誰かが幽霊を見たと言えば、私は見間違いだと考えるだろう。写真を見せられても合成か偶然だと思うに違いない。仮に自分の目で見たとしても……やはり錯覚だと判断するような気がする。

「十五歳女子の割には、枯れてるわね」

「枯れてるとか言わないでよ。可愛げがないことくらい自覚してるし」

口を尖らせて文句を言う。

同級生には、そういったオカルトを信じたがっている夢見がちな女子は多かった。ただ家と学校でどうしようもない現実と戦い続けていた私には、そんな妄想に浸っている余裕はなかったのだ。

「枯れているのと、可愛げがないのとは別の問題だと思うわ。というか……あたしの主観だとノノはわりと可愛いわよ」

「ええっ、どのあたりが？」

あまりに驚いてハンドル操作を誤り、自転車が大きく蛇行する。

加連は悲鳴をあげて私の腰に強くしがみつき、私は「ご、ごめん」と謝って自転車のバランスを立て直す。

けれど加連も悪い。可愛いなんて褒められたら動揺するのは当然だ。

だって、これまでそんなことはほとんど言われた試しがない。背が高いのでカッコいいとおだてられたことはあったが、可愛いという要素がないゆえの評価とも言える。

「うーん……その、怒らない？」

「怒らないよ。だから教えて」

ちょっと不安になる前置きではあったが、気になる思いの方が強くて先を促す。

「あたし、小さな頃にリオっていう名前のゴールデンレトリバーを飼っていたの。リオは子供のあたしよりずっと大きかったわ。でも、頭を撫でるとすごく喜んで——とっても可愛かった。ノノと話していると、何だかリオのことを思い出すのよ」

少し遠慮がちな感じで加連は答えた。

「……私ってそんなに犬っぽい？」

どんな反応をすればいいのか自分でも分からず、複雑な感情を抱きながら問いかける。

親しみを持たれているという意味に取れば嬉しいけれど、ペットと同列に見なされたくはない。

「もし動物に喩えるのなら、逞しさと愛らしさを兼ねそなえた大型犬ね。もうずっと忘れていたけれど、リオの背中にもこうしてぎゅっとしがみついていた気がする。だからきっと、妙に落ち着くのよ」

「そ、そう……喜んでいいのかな？」

リオのことを話す加連の声はとても優しい。心から信頼する大切な存在だったことが、はっきりと伝わってくる。加連にとってリオは家族の一員だったのだろう。犬扱いされるのは抵抗があるけど、リオに似ていると言われるのであれば、それはむしろ誇らしいことなのかもと思えてきた。

「あたしに気に入られて嫌じゃなければ、別に喜んでくれてもいいわ」

加連に問われた私は少し考え、ハンドルから片手を離して自分の顔に触れる。頬の筋肉は緩み、口角が上がっていた。いつの間にか私は笑っていたらしい。

「じゃあ——一応喜んどく」

私がそう言葉を返すと、加連は沈黙した。

「…………」

「急に黙ってどうかした？」

「……ごめんなさい。少し我慢していたから」

小さな溜息と共に、加連の声が耳に届く。

「我慢ってお手洗い？　どこかに停める？」

トイレはこの自動車道に入る前、公園のお手洗いで済ませていた。だが自転車の後ろに乗っているだけの加連は、ペダルを漕いでいない分、私よりも体が冷える。

だから急に催してもおかしくないと思ったのだが——。

「違うわ。トイレなら平気」

「なら、何を我慢してたの？」

「何だかノノの頭を撫でたくなってしまったのよ」

「…………犬っぽいからって、犬扱いはしないで」

リオのように親しみを感じてくれるのは嬉しいが、できれば人間として評価してもらいたい。人間としてのプライドなんて意識したことはなかったけれど、何となくそれに近い感覚があった。

「そう言うと思ったから、やめておいたのよ」

もっともな彼女の言葉に私は溜息を吐いた。

「それはありがと——っていうか、犬の話はもうやめない？」

これ以上話が膨らむと、本当に犬扱いをされてしまいそうな危機感を抱き、私は脱線していた話を本筋へ戻そうとする。

加連の事情を聞こうとしたらなぜか幽霊の話を持ち出され、いつの間にか犬の話題になっていた。だいぶ遠回りをしている感覚だ。

「そうね、幽霊について話していたんだったわね。ノノは信じていないみたいだけれど」

「……加連は信じてるの？」

大学の研究室に所属していたというのに、そんなオカルトを信じているとしたら不思議だが……同い年の少女らしいとも言える。

「ええ――信じていたわ。信じたかったのよ」

けれど耳に届いた言葉には、夢想を語る浮わついた響きはなく、ただひたすらに切実な何かがあった。

「加連――」

「あっ……ノノ、あれ」

問い返そうとした私だったが、加連の声に遮られる。

私の肩越しに加連が右前方を指差していた。その先――自動車道の脇に、駅の待合室に似た四角い建物が見える。

「――たぶん、高速バスの待合所じゃないかな」

部活の遠征で高速バスは何度も乗ったことがあった。高速道路や自動車専用道路には、あした〝バスの駅〟がところどころにあるのだ。

「ノノ、あそこで停めて」

「もしかして……あの待合所に泊まるつもり？　ちょっと探せば、マシなところがあると思うけど……」

指示通りにハンドルを切りつつも、私は若干の不満を込めて言う。

「もうすぐ暗くなるから、街をうろうろするのは危険よ。霧は重くて、低地に溜まるの。だから一見霧が薄くても、局所的に濃度が高い場所はあるわ。高台にあるこの道路からは降りるべきじゃない」

強い口調で言い切られ、私は「分かった……」と頷く。

一旦スピードを緩めれば、再び加速する元気は出ないだろう。私はこの頼りない待合所で一夜を明かす覚悟を決めて、ブレーキをかけた。

待合所の前で自転車を停めると、急に汗が噴き出す。気温は低いのだが、風がなくなったことで体の熱が冷めない。

けれど加連が体を離して自転車から降りると、急に背中が涼しくなった。

「ふう……」

何だか頼りない気持ちを抱きながら、私もサドルから降りて自転車のスタンドを立てる。

両足で地面に立つと、自覚していた以上に疲労が溜まっていることが分かった。

膝に上手く力が入らず、太ももとふくらはぎが重い。

一足先に自転車から離れた加連は、薄暗い待合所の中を覗き込んでいる。

待合所は四方に窓ガラスがあるため、無人であることはすぐに分かった。

「ノノ、扉もあるしちょうどよさそうよ。鍵は掛からないみたいだけれど、霧を遮るには十分だわ」

入り口の扉を開け閉めしながら、加連は明るい声で言う。どうやら本気でこの待合所に泊まるつもりらしい。

自転車の籠に入れていたナップサックと加連のトランクを両手に持ち、私は待合所の入り口に近づいた。

加連の肩越しに待合所の中を覗き込むと、ベンチが向かい合わせに設置されている。

「ベンチで寝るんだよね……」

「床がいいのなら止めないわ」

「……ベンチの方がマシ」

私は加連と待合所に入り、荷物をベンチに置いてから自分も腰を下ろした。

「疲れたぁー……」

背もたれに体を預け、両足を伸ばし、天井を仰ぐ。蛍光灯は消えており、天井には薄闇がわだかまっていた。街灯とは違って自動で点く仕組みではないらしい。どこかにスイッチがあるのかもしれないが、探しに行く気力はない。

「……あたしはお尻と腰が痛いわ」

加連はベンチには座らず、白衣の上からお尻をさすりつつ、腰を伸ばしている。

座り辛い荷台にずっと腰かけているのも、それなりにきついようだ。

窓から差し込む夕日は待合室を赤く染め、床には窓枠の黒い影が濃く刻まれている。

今は休めることに安堵しているが、もし一人きりだったら心細さに押し潰されていたかもしれない。

加連が一緒で良かった。しみじみと実感する。

「加連は幽霊を信じてるって言ったけど、こんなところで眠れるの？　お化けが出るかもしれないよ？」

私は先ほど途中になった、霧と関わりあるかどうかも分からない〝幽霊〟の話を再開させるため、冗談めかして言う。

逢魔が時の赤い景色と無人の道路は、放課後の学校に似た不気味さをはらんでいた。私は幽霊を信じていないが、濃い闇の中には何かが潜んでいそうな雰囲気がある。

「そうね。もしかしたら今晩──幽霊を見られるかもしれないわ」

けれど加連は怯える様子もなく、当たり前のように相槌を打った。

「え……ど、どういうこと？」

戸惑いながら問いかけると、加連は窓の外に視線を向ける。

「──霧が出始めた頃から、幽霊の噂話が増えなかった？」

逆に問い返された私は、自分の記憶を辿ってみた。

「まあ、色々な噂はあったけど……人が消えるっていうこと自体、最初は都市伝説の一つだったし……」

そういえば幽霊を見たと騒いでいる人たちもいた気がする。あれは確か、通院していた病院の待合室でのことだっただろうか。霧の中に死んだはずの入院患者の姿を見たとか、そんな話だったように思う。

病院ならよくある怪談の一つだろう。普段ならまともに耳を傾けたりはしない。

ただその話をしていた人たちがやけに真剣で、声も大きかったので、何となく意識を向けてしまった。もちろん私はそんなオカルト話を本気にしなかったけど、普通じゃないことが起こっているような空気感が待合室には漂っていて、落ち着かない気分になったのを覚えている。

「人が消える、か――この霧がそんな事態を招くなんて、最初は想像もしていなかったわ。あたしはただ、幽霊を見てみたかっただけなのに……」

遠い目をして加連は外の霞んだ景色を眺める。

「見てみたかったって……何で？」

霧と幽霊の関連も気になるが、加連が幽霊を見たいと思った動機に興味を引かれた。単なるオカルト好きという感じはしない。加連の顔には、寂しげな色が浮かんでいる。

「……七歳の時、両親が事故で死んじゃったの。葬儀に来た人たちは、真剣な顔で両親の冥福を祈っていたわ。でもあたしはその頃から中途半端に賢《さか》しくて――死者へ祈りを捧げることが、無意味なことにしか思えなかった。だって魂なんて、あるわけないんだもの。人間の精神は脳の中にしかない。それが機能しなくなれば、精神は消えてしまう。それは当たり前のこと」

自嘲の響きを混ぜ、加連は言葉を続けた。

「だけど――本当は祈りたかった。両親はどこかであたしを見守っていてくれるって、信じたかった。そうしないと、寂しくて死んでしまいそうだったから……だから――あたしは幽霊や魂といったモノの実在を証明することにしたの」

「いや――ちょっと待って。最後の結論だけ、おかしくない？」

大事な人が死んだ時の話は、頭の悪い私でも理解できる。去年の冬――私も祖母が死んだ時、似たようなことを考えた。

――おばあちゃん、どうして死んじゃったの？　本当にもういないの？

葬儀の最中、頭の中ではそんな言葉がぐるぐる回っていたように思う。

私にとって、祖母は特別な人だったから……簡単に死を受け入れることができなかったのだ。

祖母は厳しい人だったけれど、常に私の目を見て話してくれた。怯えて目を逸らす弱い母とは違う――本物の家族と言える相手。私がただ一人信頼できた大人で、尊敬していた女性。

祖父は私の生まれる前に亡くなっていたので、祖母は一人で暮らしていた。背筋はいつもピンと伸びていて、その凜とした雰囲気に触れる度、私はいつも姿勢を正した。祖母には一人でしゃんと立つ強さがあって――それは一人では生きて行けない母にはないもので――私はその姿に憧れた。

祖母に会うのは、私が自分の弱さを痛感している時が多かったこともあり、余計に彼女の姿は眩しかった。

私が色んなことに耐え切れなくなった時、逃げ込める唯一の場所が祖母の家だったのだ。

祖母がいなくなったら、私に逃げ場所はなくなる。新しい居場所を見つけなければ、きっと私は壊される。

そんな焦燥感に駆られ、私はスポーツ推薦の道を選んだ。全寮制の高校に進学して、家を出ようと決めた。

それは結局、祖母が死んだ現実を受け入れたということだろう。

祖母がいなくなった世界はそれまでよりずっと息苦しくて、楽しくなかったけれど、私はまだ生きているから、新しい現実に向き合うしかなかった。

たぶん大抵の人は、死んだ人が残した空隙を何とか埋め合わせて生きていく。

加連のように、魂があるかないかにこだわったりはしない。なぜならそれが答えの出ないものだと知っているから。

でも……加連にとっては、そうでなかったということなのか。

「まあ——おかしいわよね。だけど当時のあたしには、それが全てを解決する最高のアイディアに思えたのよ」

溜息をついて肩を竦める加連だったが、そこで複雑な表情を浮かべる。

「たぶん普通なら、何の成果も出なくて……色々とこじらせた挙句、最後は変な宗教にハマるのがオチでしょうね。でも、あたしには才能なんてなかったけれど——運だけはあったのよ」

小さく笑って加連は私を見た。

「運？」

「そう——あたしの着目した点が、たまたま正解に近かっただけ。結論ありきの研究が、偶然正しい道筋を辿っただけだったわ。きっとあたしである意味もなかったけれど、それでもあたしは見つけてしまったのよ……幽霊を観測する方法を」

そう言って加連は再び窓の外に視線を向けた。その目は遠くを見ている。自動車道の向こう——薄霧に霞む街を見つめている。

「それが、霧と関係あるの？」

彼女の様子からそんな雰囲気を感じ取り、私は問いかけた。

「関係あるどころか——それそのものよ。あの霧は、幽霊を観測するための触媒。これであたしが、世界をこんな風にした原因だと言った意味が分かったかしら？」

腕を組み、悪ぶった口調で加連は言う。

彼女としては自分が大罪人だと告白した気分なのだろう。けれど私は、拍子抜けしていた。分からないかもしれないと思っていたのだ。世界をこんな風にした理由なんて、きっと途方もないもので、私には理解できないかもしれないと恐れていた。加連のことが分からなくなってしまうことが怖かった。

でも、私は頷ける。意味は分かったかという加連の問いに、首を縦に振ることができた。

「——何か、少し安心した」

身体から力を抜き、ベンチの背もたれに寄りかかる。

そんな私の脱力した様子を見て、加連は戸惑った表情を浮かべた。

「あ、安心？　あたしが何をしたのか、まだ理解できていないの？　というか、もしかしてまた信じてない？」

「まあ百%理解して信じたかって訊かれたら困るけど……肝心なことは分かってると思うよ？　要するに、事故みたいなものだったんだよね？」

「え……」

逆に私が問い返すと加連はたじろぐ。

「加連はお父さんとお母さんを亡くして、寂しくて、幽霊でもいいから会いたくて――その方法を探したんでしょう？　で……その見つけた方法が、気化現象なんていう予想外の事態を引き起こした――私はそう理解したんだけど、合ってる？」

「だ、大体は……一応、合っていると思うわ」

ためらいながらも頷く加連を見て、私は微笑んだ。

「なら、やっぱり安心するよ」

「……どうして？」

「だって、加連が世界をめちゃくちゃにするために霧を作ったんだったら、少し怖いもの。いくら私の願いを叶えてくれた恩人でも、さすがに引く」

私は苦笑しながら冗談めかして言う。だけど内容は本心からのものだ。心から私は安堵している。

ピストルとか、世界をこんな風にした原因とか、あまりに現実離れしたことばかりで……

そんな事情を抱えている加連は、私の理解が及ばない人間なのかもしれないと不安になっていた。でも、もうその心配はない。私はちゃんと加連の気持ちが理解できる。

「——だけど、事故ならいいというものじゃないでしょう?」

加連は納得できないという様子だ。だからはっきり答えることにする。

「いいよ」

結果なんてものは、自分の思う通りにはならない。それは私がいやというほど理解していた。結果は努力も願いも簡単に踏みにじる。私はそんな最低なものに、価値があるとは認めない。

「い、いいって……」

「一緒にいるために大事なことって、過去に何をしたかよりも、どういう人なのかってことだと思うから。実を言うとね……私、スーパーの……あの時から少し引いてた——加連のこと、怖がってたの。でも今の話を聞いて、もう怖くなくなった」

そう言うと私はナップサックとトランクをベンチから降ろし、ゴロンと横になる。

「安心したら——眠たくなってきたかも」

気持ちが緩むと体の疲れを強く意識した。今なら私は、加連の傍で無防備に眠れるだろう。毎晩自室の扉を固く閉ざしていたつっかえ棒は、ここでは必要ない。

「ちょ、ちょっとノノ、話はまだ途中なのよ? あたしのことを信用するのは、早過ぎると思うわ」

加連は焦った声で言い、寝転んだ私の顔を覗き込んできた。

夕日に照らされる加連の困り顔は、今までで一番幼く感じられる。

「話の続きは……明日でいい。今日は加連が——幽霊が見たかっただけの……普通の可愛い女の子だって分かっただけで……もう十分」

ふわ、と欠伸《あくび》をしつつ私は笑った。

疲労が一気に出てきて、瞼が重くなる。こんな場所で眠れるかと最初は心配だったが、この眠気に体を任せれば夢の国へ行けそうだ。

「か、可愛いって——ノノ、からかわないで」

「……加連だって、私のことを可愛らしいって言ったじゃない」

顔を赤くしている彼女に言い返し、瞼を閉じる。

霧さえ室内に入ってこなければ、気温もそう低くはならない。このまま寝ても風邪は引かないだろう。スーパーでは今日の夕飯分の食糧も確保していたが、もう食欲よりも睡魔の方が強かった。

眠りの底へ落ちていく最中、傍で小さな溜息が聞こえる。

「おやすみなさい——ノノ」

その声と同時に、頭を優しく撫でられた気がしたが——重い瞼を開けて確かめることはできなかった。

◇
◆

ズゥゥゥゥン――。

安堵に包まれた心地いい眠りの中に、異音が混入した。

地鳴りのような震動を感じて、私の意識は眠りの底から浮上する。

薄目を開けると、向かいのベンチで眠る加連の姿が見えた。

待合所の中には夕暮れ時よりも深い闇が満ちているが、物の輪郭は分かる。四方にある窓から、青白い光がぼんやりと差し込んでいるのだ。

星や月の控え目な明かりではない。淡いが押しつけがましい人工の灯火――自動車道を照らす外灯のものだろう。

――カチ、コチ――。

虫の声すら絶えている中、時計の音が耳に届く。今まで気づいていなかったが、待合所の壁には、丸い時計が設置されていた。時刻は四時半。深夜あたりかと思っていたが、もう明け方近い。

秒針が奏でる規則的な音は、辺りの静けさを引き立てる。向かいのベンチから聞こえてくる加連のか細い寝息がなければ、静寂に押し潰されてしまいそうだ。

揺れを感じて目が覚めたのだが、気のせいだったのかもしれない。

耳を澄ましても、地鳴りの残響すら聞こえなかった。

きっと変な夢を見たのだろう。そう考えて、私は寝相を変える。

硬いベンチで寝ていたので、体の節々が痛い。動いて気づいたが、お腹のあたりにはタオルがかけられていた。これはスーパーで調達した物の一つだ。

――加連、ありがと。

白衣にくるまって眠る彼女に、心の中で礼を言う。

気を許せる他人が傍にいてくれるというのは、こんなにも安心できることなのか。

温かい気持ちで、もう一度眠りに落ちることができそうだった。

けれど瞼を閉じようとした時、向かいの窓に白い影が揺れる。

「っ――!?」

私は息を呑んで、勢いよく身を起こした。

――今の、何?

目をこすり、窓の外を凝視する。淡い外灯の明かりに浮かび上がるのは、夜の空気に満ちた薄い霧。

風で流れた霧が動いたように見えたのだろうか。

『――幽霊を見られるかもしれないわ』

加連の言葉が脳裏をよぎった。

まさか、本当に?

ドキリと心臓が跳ね、私はおそるおそるベンチから立ち上がる。

ギシッとベンチが軋みをあげたが、加連は気づいた様子もなく寝息をたてていた。

できることなら起きてほしい。幽霊が本当にいたとしても、加連と二人なら怖くはないだろう。加連なら何かしら論理的な説明をしてくれるはずだ。

けれど確証がない段階で、幽霊が出たかもしれないと助けを求めるのは、何だか情けない気が引ける。

——まずは、見間違いかどうかを確かめよう。

私はそう決めて、白い影が見えた窓の傍へ近づいた。

加連が言うには、この霧は幽霊を見るためのものらしい。ならば幽霊が見えてしまうのは、当たり前のことだとも言える。

ただ、私の理性は非現実的な加連の話をまだ受け止めきれてはいない。加連の語ったことに嘘はないと感じているけれど、十五年間培《つちか》われてきた私の常識をすぐに組み立て直すのは難しかった。

そもそも、見える幽霊というのは何なのか。

見えるということは、そこに在《あ》るということ。存在しているという証。

幽霊、ゴースト——それは一般的に、死んだ人の魂を表す言葉だ。それが存在するのなら……死者がまだいる、いるというのなら——。

『——の、ノノ……』

掠れた声が耳の奥に蘇る。頭から血を流し、焦点の定まらぬ目で私を見た母の顔を思い出す。

「っ――」

慌てて頭を振り、溢れそうになった過去の情景を押し留めた。

嫌だ。考えたくない。

思い返せば、加連と一緒にいられる安心感や胸の温かさが失われてしまいそうで怖い。

考えるな――自分が何から逃げているのかを。

意識してしまえば、また恐怖に呑まれて動けなくなってしまう。加連と出会う前――駅で膝を抱えていた時のように……。

大きく深呼吸してから、加連の寝顔に視線を向ける。

すーすーと可愛い寝息をたてる彼女の顔を見ていると、気持ちが落ち着いた。

そしてもう余計なことは考えないように気をつけつつ、窓の外に視線を戻す。

外灯にぼうっと照らされた自動車道は、薄い霧に包まれていた。夕方よりも少し濃度が上がっている気がする。

外灯の明かりが届かない場所は深い闇に沈み、光に照らされた空間を霧がゆっくりと流れていた。

見える範囲に人の姿はない。

やはり見間違いだったようだと、私は安堵の息を吐く。

だがその時、強い風が吹いたのか——滞留していた霧が大きく動いた。

そして流れる霧の中に、ぼうっと人間の輪郭が浮かび上がる。

「——」

驚きに息が詰まり、悲鳴をあげることもできなかった。

流れていく霧が寄り集まり、人の形を成している。

あまりに異常で不自然な光景に、私は呆然と立ち竦んだ。

白い人影は風に吹かれて揺らぎながら、道路の中ほどに立っている。顔の形は曖昧だが、体の向きからしてこちらを見ているように思えた。

——あれが、幽霊？

他に喩えようのないモノではあるが、本当に……？

もしそうだとしても、なぜ私を見ているのか。

——私を、知ってる？　私が……知ってる人？　なら、もしかして……。

身長やシルエットから判断すると、女性か子供のように見える。

そこで一瞬——不定形な白い顔に母の面影がよぎったような気がした。

ハッとした私は呪縛から解き放たれ、窓際に駆け寄る。

「お母さん……なの？」

そんなはずはないと思いながらも、口からは頼りない声が漏れてしまった。

ガラス越しの小声が届いたはずもないが、霧の揺らぎが頷いたようにも見えて、私は居ても立ってもいられなくなる。

あの弱くて愚かな母が好きだったわけではない。何か話したいことがあるわけでもない。母が世界のどこにもいないと悟った時は、自分の一部が欠けたみたいな痛みを感じたけれど、今は加連が傍にいてくれる。もう寂しくはない。

でも、それでも――。

私は待合所の出入り口に駆け寄り、扉に手をかける。

しかしそこで躊躇を覚え、動きを止めた。わざわざ霧の中へ出て、正体不明のモノに近づくなんて馬鹿げている。

ズゥゥゥゥン――……。

「え……」

響いてきた遠い地鳴りに、私は驚きの声を漏らした。小さな揺れが足元から伝わってくる。

私の眠りを覚ました震動だ――やっぱり気のせいではなかった。

白い人影も揺れを感じたのか、体の向きを変えている。そしてまるで逃げるように駆け出し、霧の中へ溶けていく。

「っ――！」

湿った冷たい空気が外に飛び出した私の頰を撫で、体が震える。けれどそんなことには構わず、私は消えゆく白い人影の背中に叫んだ。

自分でも聞いたことのない切羽詰まった声が喉からほとばしる。

「──お母さん！　もしお母さんなら……待って!!　行かないでっ!!」

音になった自分の想いを聞き、いったい何を言っているんだろうと驚く。

母に会えたとして、私はどうしたいのか。分からない──。

分からないけれど、溢れる感情は声帯を震わせ、体を衝き動かす。

呼びかけながら追いかけ、手を伸ばした。

けれど駆け去る白い人影は、薄い霧の中に呑み込まれるようにして消えてしまう。

「あ……」

私は手を伸ばした格好のままで足を止める。あの時の繰り返しだ。

辿り着くことができないまま、また霧が連れ去ってしまった──。

そこでようやく、私は自分が何をしたかったのかに気づく。

私はただ、駆け寄りたかったのだ。頭から血を流して倒れていた母に……私の名前を呼んだ母に駆け寄って、その手を握りしめたかった。そうしなければいけないと思った。

でも霧が母を連れ去り、私の衝動は行き場を失くして、胸の中でぐるぐると空回りしていたのだろう。

それが母の幽霊らしきものを見たことで、一気に爆発してしまったのかもしれない。

「ノノ」

「お母さんっ!!」

しばらく立ち尽くしていると、後ろから声をかけられる。

振り返った私は、寒そうに白衣の前を合わせて近づいてくる加連の姿を見た。

「加連……ごめん、扉開けっ放しで。起こしちゃったよね」

私は扉が大きく開け放たれたままの待合所に目をやり、頬を掻く。恥ずかしいというか、バツが悪い。とても情けないところを見せてしまった。家族との関係を──私の弱い部分をできれば見られたくはなかった。

「それは別にいいわ。それより──今、お母さんって言ってたわよね？　ノノのお母さんってもしかして……」

ためらいがちに加連は問いかけてくる。

そういえば加連に話したのは、私が事故で左目を失明し、それまでの努力とか未来への展望が消え去ったということまでだ。

私が駅に隠れることになった経緯は、まだ伝えていない。

「うん……気化、したんだと思う」

いい機会だろうと私は頷き、言葉を続ける。

本当はこれ以上、私の弱さを知られたくない。でも今それを隠してしまったら、加連との距離が遠くなってしまう気がして……そんなのは嫌で、だから勇気を出す。

「義理の父親がね──お母さんを殴って、大怪我をさせたの。そのすぐ後、濃い霧に覆われて……気がついたらお母さんはいなくなってた。それで、どうしたらいいのか分からなくなって――義父《あいつ》のことがどうしようもなく怖くなって……逃げてきたんだよ」

苦笑を浮かべ、可能な限り強がって――これまでなるべく考えないようにしていた私の現実を語った。

「そう……」

加連は複雑な表情で小さく相槌を打った後、私のすぐ目の前まで近づいてきた。

「ノノのお母さんが気化したのは、この付近なのかしら？」

私の手を両手で優しく包み込み、加連は真剣な声音で質問する。

「違うけど……私が加連と会った駅の近くだし……」

何を気にしているのか分からず、私は戸惑いながら答えた。

「なら――さっきの人影は、ノノのお母さんじゃないと思うわ。あまりに距離が離れ過ぎているもの」

「幽霊なのに、距離とか関係あるんだ……？」

「ええ、幽霊は霧に残された記録のようなものだから――気化した場所の近くでないと観測できないわ」

彼女はそう断言するが、私には少し話が難しい。昨日、眠いからと話を中断せず、きちんと最後まで聞いておくべきだったかもしれない。

「よく分からないけど……何だか恥ずかしい勘違いをしてたっていうことだけは、分かった気がする」

私は加連に苦笑を返し、その小さな手から伝わってくる温かさに感謝する。

義父と母の話をしたのに、心はもう落ち着きを取り戻していた。目の前にいる加連より確かなものはない。加連が今の私にとっての現実だった。

「……別に、恥ずかしくはないと思うわよ」

加連も苦笑いを浮かべつつ言うが、ハッとした顔で手を離す。

ズウゥゥゥゥン……！

またしても地鳴りだ。先ほどよりも近い気がする。

「これ……何なのかな――」

不安な思いを抱いて辺りを見回し、そこで気づいた。

先ほどの人影ほどはっきりとはしていないが、霧の中に人の輪郭がいくつも浮かび上がっている。

「なっ……」

驚きに体を固くする。母の幽霊は、ここには現れない。加連はそう言っていた。

だからこの曖昧な人影は私の知らない、ただ不気味なだけの存在。異様な光景は、それだけで本能的な恐怖を呼び起こす。

ゆらりと一斉に人影が曖昧な体を揺らす。そして次々と動き始めた。

一体がこちらに駆けてくるのを見て、私は悲鳴をあげそうになるが、加連がいることを思い出して彼女を庇うように立つ。

だが身構えた私の横を、淡い人影はそのまま通り過ぎる。冷たい霧の感触が頬を撫で、ぞくりと背筋が震えた。振り返ってその姿を目で追うが、人影は霧に紛れ、夜の中に消えてしまう。

私が立ち竦む中――駆け出した他の人影も輪郭が薄れて、すぐに霧散してしまう。

走っていった方向は、地鳴りが聞こえてきたのとは反対方向だ。まるで、あの揺れから逃げ出しているかのよう。

「まさか――」

加連が顔を青くして、車道の中央へと走り出る。私も慌てて彼女の後を追いかけた。

広い自動車道の中ほどに立つと、見通しがよくなる。

うっすらと霧に包まれた夜空に月はなく、眩い一等星だけがかろうじてその光を地上に届けていた。東の空はわずかに白んでおり、夜明けが近いことが分かる。

だが世界の大半はまだ闇の中で、外灯の設置された道路だけが、遠くまでぼうっと照らし出されていた。

そして――等間隔の外灯が続く道の果てに、何か白いカタマリがわだかまっている。

「何あれ……」

私はかすれた声で呟き、目を細めた。右目だけでは元より距離感が掴み辛いが、白いカタマリがとても大きいことだけは分かる。

ズゥゥゥゥン――……。

地鳴りは間違いなくそちらから響いてきており、カタマリの輪郭は不定形に揺らいだ。

それを見て気づく。巨大な物体に見えていたが、あれは――。

「……霧？」

私がこぼした言葉に、加連は深く頷いた。

「ええ――霧が一か所に凝縮しているのよ。アメリカでは三例ほど報告があったけれど……人口密集地でもない場所で発生するなんて――」

深刻な表情で加連は言うが、私にはさっぱり分からない内容だ。

「ど、どうすればいいの？」

「――出発しましょう、ノノ。あれがこっちに来たら危険だわ」

加連は私の手を引っ張り、待合所の方へ引き返す。

「き、危険って……気化しちゃうってこと？」

足を動かして加連についていきながらも、私は彼女の背中に疑問をぶつけた。

「いいえ、それ以前の問題よ。凝縮した霧は、ほとんど個体に近い。物理的に踏み潰されるわ」

振り返らないまま加連は切迫した声で言う。

「ふ、踏み潰される……？」

それはまるで、あれが歩いてくるかのような言い方だ。何だか違和感があるものの、とりあえず非常事態だということは理解する。

待合所に戻った私はナップサックを持ち、ベンチから落ちていたタオルを拾い上げた。

「ノノ、早く！」

既にトランクを持った加連は、入り口で私を急かす。

急いで外に出て、自転車の籠に荷物を置いた時——また地面が揺れた。確実に近づいている。

自転車を手で押して道路に出ると、先ほどより大きくなった白い霧のカタマリが見えた。そこでぎょっと立ち竦む。霧の輪郭が変わっていた。いや、近づいたことで末端が視認できるようになっただけなのか——。

霧の表面からは人間の手足に似たモノがいくつも伸びている。不気味に蠢くそれが地面を叩くと大きな揺れが起こり、霧のカタマリは転がるようにして前へと進んだ。

「何……何なの……？」

まるで悪夢の中に出てくる怪物のようだった。もしかしたら私はまだ眠りの中にいるのかもしれない。

「ノノっ！」

だが鋭い声で我に返る。

状況は分からない。アレが何なのかも理解できない。けれど私にはやることがある。

加連と一緒に、加連が目指す場所まで行く。

彼女と出会えた幸運を手放さないために、私はそう決めたはずだ。

「――行こう」

私はサドルにまたがり、加連に言う。彼女はすぐ自転車の後ろに乗ると、私の腰に両手を回した。

足に力を込め、重いペダルを漕ぐ。

最初、少し膝が痛んだが、自転車が動き出すと楽になる。疲労が全部取れたとは言いがたいが、太ももやふくらはぎの筋肉は私の意思に従って力を出してくれた。

不幸中の幸いと言うべきか――カタマリが向かってくるのは、私たちがやってきた方向だ。あれから逃げることで、後戻りすることにはならない。

自動車道の真ん中を走りながら、可能な限り加速し続ける。

響いてくる地鳴りは、全然遠くなる感じがしない。振り返る勇気はないので、前だけを見据えて懸命にペダルを回した。

「醜かったでしょう?」

後ろから加連の固い声が耳に届く。それがあの白い怪物を指した質問であることはすぐに分かった。

「うん……」

私が頷くと、加連が小さな笑い声をこぼす。そこには濃い皮肉の色が混じっていた。

「あの〝現象〟について、まともな調査は行われていないわ。だから推測に過ぎないけれど――今あたしたちに迫っているのは、たぶん幽霊――霧に残された人間の記録の集合体よ」

「あれも幽霊なんだ……」

私は人間の手足を生やした禍々《まがまが》しい姿を思い出しつつ、眉を寄せる。自分の目で見たものとはいえ、すんなりとは受け入れられない。

「ええ……あんなカタマリになってしまうぐらいに、大勢の人間が一度に気化したんでしょうね。この近くには避難所みたいな場所があったのかも……」

苦い口調で加連は語る。たぶんこんな状況を作ってしまった責任を感じているのだろう。

「よく分からないけどさ、後悔しても仕方ないって」

ペダルを一生懸命漕ぎながら、私は明るく言った。

「え……？」

「私もさ、この目のことでたくさん後悔してるけど――本当にどうにもならないんだよ。絶対にやり直せない。でも、もうすぐ何もかも終わるのなら……いいじゃない」

私にできる精一杯の励ましを口にする。

日常が壊れ始めて、これはもう修復不可能だろうと感じた時、私はとても楽になった。

夢が断たれ、不幸が確定した未来を考えなくてよくなったから。そんな未来はいらないと、既に思っていたから。

「昔のことも、先のことも、どうでもいいって。もっとさ、今のことを……今のことだけを考えようよ」

外灯に照らされた自動車道を右目だけで見つめながら、私は自分自身の想いを言葉にした。

「ノノ……」

「あ、その、ちょっと上から目線な感じだったかも。ごめん……」

何だか分不相応に偉そうなことを言ってしまった気がして、私は謝る。

「えっと、ノノ——そうじゃなくて……いえ、今の言葉には怒ってないし、むしろ感謝しているんだけれど、それより——」

「それより?」

「スピード、もう少し上げられない? 距離が縮まっているわ」

ズゥゥゥゥゥン!!

その言葉と同時に大きな地鳴りが明け方の空気を震わせた。

思わず、一瞬だけ振り向き——すぐに後悔する。

無数の手足を生やした巨大な霧のカタマリは、かなり間近まで迫っていた。汗が噴き出るのを自覚する。

「っ……私たちを、追って来てるの?」

「違うわ——風があたしたちの方に吹いているのよ。あれは、こちらに流されてきているだけ」

加連の返事を聞いて、私は気がついた。最初、ペダルを漕ぐのが楽に思えたのは休息を挟んだからというよりも、追い風だからだったのだと。自転車はスピードに乗っているのに、向かい風はあまり感じない。それは追い風が強い証拠。

「ど、どうすればいいの？　ここ、脇道なんてないよ!?」

私は慌てた声を上げる。高台にある自動車道は、インターチェンジを見つけなければ一般道に降りることもできない。信号や交差点がない代わりに、進路を変えることが難しいのだ。

「とにかく逃げて！　道がカーブに差しかかれば、あれの進路上から外れられるわ！」

「この先ずっと直線だよ！」

「じゃあ風向きが変わるまで頑張って！」

「そんな無茶な！」

そう叫びつつも、私は全力でペダルを漕ぐ。

どれだけ無茶な注文でも、それ以外に選択肢がないのならやるしかない。

背後から響く震動と、振り返らなくても分かる大きな気配は、確実に距離を詰めてくる。

ギアを上げてもっと加速したいところだが、前籠と荷台のあるいわゆる〝ママチャリ〟系自転車には、そんな機能は備わっていない。

「はっ、はっ、はっ――」

次第に息が切れてくる。眠りで回復した体力が、あっという間に削られていく。

いったいこの状況は何なのだろう。まるでパニック映画のワンシーンだ。悪夢を見ている気分だが、疲労が蓄積してくる体の感覚はあまりにもリアルだった。

ハンドルを握る手に汗が滲み、力を込めると滑りそうになる。

もしここでブレーキをかければ、数秒後に私と加速は死んでしまう。押し潰されてぺちゃんこだ。

自分の人生があと数日で終わることは分かっていても、そんな死に方は嫌だった。私たちに、未来はない。だからこそ、過去にも意味がない。

残っているのは今——この現在だけ。

それが何者かに侵され、汚されることは我慢ならない。

痛いことや怖いことは何が何でも拒絶してやる。可能な限り幸せのまま、現在が途切れる場所に辿り着きたい。

できれば加連と一緒に——一人きりは寂しいから。

酸素不足でぼうっとしてくる脳内に、とめどない想いが湧き上がる。

ペダルがかなり重くなってきていた。スピードは明らかに落ちている。

服が汗で湿ってべたつく。濡れた背中にしがみついている加連は嫌じゃないだろうかと、場違いなことをちょっと考えた。

「ノノ——」

そこで彼女の声が耳に飛び込んでくる。

「——もう大丈夫そうよ。風向きが変わったわ」

「え……？」

夢中でペダルを漕いでいたので気がつかなかったが、追い風がやんでいる。考えないようにしていた背後からの震動も遠くなっていた。

恐る恐る後ろを振り向くと、高台にある自動車道の柵を薙ぎ倒し、下の広い田畑へ転がり落ちていく霧のカタマリが目に映る。

表面から無数に伸びた手足は、私たちを求めるかのように蠢いていたが、滞留していた他の霧に混じると輪郭が曖昧になっていく。

「何とか、なった……？」

私はペダルを漕ぐ足を止め、茫然と呟いた。

「ええ――ノノ、お疲れ様」

加連も安心した様子で微笑み、私を労ってくれる。

「はぁー………」

深々と安堵の息を吐き、私は自転車を道の端に寄せた。

ブレーキはかけず、スピードが徐々に落ちるのを待ってから、私は地面に片足を降ろして自転車を停める。

少し休まないとペダルを漕ぐことはできそうにない。

進行方向の空はまだ暗いが、後ろを振り返ると山の際が明るくなっていた。間もなく夜が明けそうだ。

霧のカタマリは形が崩れ、低地に薄く広がり始めている。

加連も私と同じ方向を見て、小さく嘆息した。

「――カタマリになるのは一時的なものなのね。こうなると、本当にただの自然現象だわ」

「あんな自然現象は嫌だよ……もしかしてこれからもまた、出くわすかもしれないの？」

私はうんざりした表情を隠さず、加連に問いかける。

「霧が濃くて人口密度が高かった場所ほど、発生確率は上がるでしょうね。東京はその条件をこれ以上ないほど満たしていると思うわ」

「……つまり、目的地に近づくほど危険なんだ」

こんな思いをまたするかもしれないのかと、私は暗澹たる気分になった。

「ノノ、その……怖いのなら――」

けれど加連が言ってはならないことを言おうとしている気配を察し、私は慌ててそれを遮る。

「まあでも、頑張るよ。霧の濃い場所が危険だっていうのは、最初から分かってたことだし」

精一杯の空元気《から》で私は笑う。

だがその強がりで残り少ないエネルギーを使ってしまったのか、お腹がぐぅと音をたてた。

「あ……今日は私が鳴っちゃったね」

ちょっと恥ずかしい思いを抱きつつ、私はお腹を押さえる。

「――昨日の夕方から何も食べてないんだから、仕方ないわよ。ここで朝ご飯にしましょう。あたしも……気を抜くと鳴っちゃいそうだから」

加連も小さく微笑んで、自分のお腹に手を当てた。

その笑顔を見た時、ふと思う。この子と一緒でよかったと。

私の〝今〟に加連がいてくれて嬉しい。

危機一髪の災難に見舞われたばかりだというのに、心がもう緩んでしまっている。

加連との今を、この時間を、誰にも壊されたくないと強く思う。

もしかしたら私は——生まれて初めて〝ちゃんとした友達〟になれる他人と出会ったのかもしれなかった。

〈少女は待っていた〉
〈何かを。誰かを〉

第四章　触れ合うこと

朝ご飯はスーパーで調達したクッキーとチョコレート。ナップサックに詰めた食糧は、基本的に菓子類ばかりだ。こんな食事を続けると健康に悪そうだが、私たちは気にする必要がない。未来が行き詰まっているというのは、やはり気楽なものだと思う。

食べ終えた頃には日が昇り、空は薄い青色に塗り替えられた。朝霧に白く煙る遠くの山や街のシルエットを眺めながら、私は加連を乗せて自転車を走らせる。

途中のジャンクションで別の自動車専用道路に乗り換えてからは、進路が東南方向へと変わった。加連の指示に従っているだけなので、今は埼玉県を走っていることぐらいしか分からないが……回り道はもう終わりなのだろう。ここからはまっすぐ東京を目指すに違いない。

薄雲に隠れた太陽が中天を過ぎたあたりで、今度は昼ご飯を食べる。

場所は無人のサービスエリアだ。駐車場には車が一台もなく、建物も施錠されている。ガラスを割ってまで店内へ入る理由もなかったので、私たちは表に設置された自販機横のベンチに座り、クリームをはさんだクラッカーでお腹を満たした。

「飲み物が確保できたから、これはここで飲み切ってもいいわね」

加連は残り少なくなったミネラルウォーターを一気にあおる。

駐車場の自販機はまだ稼働していたので、私の持っていた小銭を新たに飲料に変えることができたのだ。

ごくごくと動く加連の白い喉をぼうっと眺める。今年の夏は半分引き籠り状態だったのでさほど日焼けしなかったが、彼女の肌は私と比較にならないほど白い。こういうのを雪のような肌と言うのだろう。ただ私は、その肌が決して冷たくないことを知っている。

小柄な加連は手も小さく、両手でペットボトルを握る姿は何だか愛らしい。妙に保護欲を刺激され、世話を焼きたい気分になってしまう。彼女の周りにいた人間は、こんな気持ちにならなかったのだろうか。

もっと……知りたい。幽霊の話みたいな難しいことではなく、彼女が過ごしていた日常のことを。

アメリカで暮らしていたらしいが、この容姿ならさぞやモテたことだろう。

「ねえ、加連ってさ――」

私が声をかけると、彼女は水を飲みながら視線だけをこちらに向ける。

「──処女？」

だがそう言葉を続けた瞬間、彼女は勢いよく水を噴き出した。

「っ……!? い、いきなり何を言うのよ？」

加連は顔を真っ赤にして咳き込みながら、私を睨む。

「あ、ごめん、えっと……そんなに変な話題だった？」

「へ、変に決まっているでしょう。デリカシーがなさ過ぎるわ」

むせたせいで少し涙目になっている加連は、怒った顔をしていても可愛い。別にからかうつもりもなかったのだが、もう少しこの話題を引っ張りたくなった。

「そうなの？ 女同士なら普通だと思うんだけど……部活仲間と更衣室で着替えてる時とか、もっとエグい話ばっか聞こえてきたよ」

処女かどうかなんて、本当に序の口だ。彼氏のアレがどうとか、どこでヤッたとか、変なことをさせられたとか、そんな話が当たり前のように飛び交っていた。

私が所属していた女子バレー部には、発育がいい子が多かったせいか、彼氏持ちが半数を超えていたのだ。まあ私は会話に参加せず、ただ聞いているだけだったが。

「日本の風紀は乱れているわね……」

「でも加連はアメリカにいたんでしょ？ そっちはもっと、こういうことにオープンじゃないの？」

呆れた顔の加連に私は問う。

「男女関係は比較的オープンかもしれないけれど、他人の事情にはずかずかと踏み込まないのよ。少なくともあたしが暮らしていた場所では、互いのプライバシーをきちんと尊重していたわ」

「尊重しないとどうなるの？」

「訴訟よ、訴訟」

加連は肩をすくめて言う。

「訴訟はヤだな……」

「じゃあ、もう変なことを訊かないで。というか――何でいきなりあんな質問をしたのよ？」

「いや、何となく、どうなのかな――って。加連、可愛いから彼氏いたのかなーと」

頬を掻きながら弁解する。加連との距離を縮めるにはいい質問だと思ったのだが、少し踏み込み過ぎたらしい。好きな食べ物とか、そういう当たり障りのない質問からちょっとずつ距離を縮めていくべきだったのだろう。私がいたバレー部の環境は、思っていたより普通ではなかったのかもしれない。

そう反省するが……どうやら私が言い訳として口にした内容も、何かまずかったようだ。

彼女はまた顔を赤くして視線を逸らしてしまった。

「…………いないわよ。あたしみたいなちんちくりん、誰も相手にしないわ。周りはずっと年上ばかりだったし……研究室には女性しかいなかったから」

背が低いことを気にしているのか、彼女はすねたような声で答える。

「――というか、ノノはどうなのよ？　あたしばかり答えてズルいわ」

「私？　私は彼氏なんてできたことないって。だから処女」

「そ、そこまで教えなくてもいいわよ」

私が軽く言うと、加連は焦った様子で手を振り、こちらを上目遣いで見た。

「……でも、意外だわ。ノノの方こそ、あたしとは違って背が高いし――とても魅力的だと思うのに」

真正面から褒められて、私は顔が熱くなる。

こういう言葉に免疫がない自分がとても子供っぽく思えて、恥ずかしい。褒めてくれるのは嬉しいが、どこまで本気にしていいのか分からない。

「そ、その魅力は犬的なやつでしょ？」

「まあそれは否定しないけれど――でも、ノノはちゃんと人間の女性としても素敵よ」

重ねておだてられ、私は手で顔を覆った。

「ごめん……この話はもうやめよう」

「――ノノは、あまり褒められることに慣れていないのね」

加連は楽しそうに笑い、空になったペットボトルをゴミ箱に放り投げる。けれどゴミ箱の縁に弾かれ、地面に転がった。

「む……」

不満げに顔をしかめた加連はベンチから立ち上がり、自分の手でペットボトルをゴミ箱に投入する。

「じゃあ真面目な話をしましょうか。ノノ――ここから先は、危険な道のりになるわよ」

私に向き直ると、加連は白衣のポケットから携帯端末を取り出した。

「どういうこと？」

「これまでは高台や高架の道路を使って、霧の濃い低地を避けて進むことができたわ。けれどあたしたちは、次のインターチェンジで一般道に降りる必要があるのよ」

「このまま行くと、何かまずいの？」

理由が分からない私は、首を傾げて問いかける。

「この道路はもうすぐ山地に差しかかる。トンネルを抜ければ東京はすぐそこなんだけど――山の周辺は間違いなく霧が濃いわ。たぶん人間が立ち入ることのできる場所じゃなくなっているはず……」

加連は私に携帯端末の画面を見せて、重い口調で告げた。

「低地より山の方が危険ってこと？」

「ええ――ノノは、この霧がどこから発生していると思う？」

「どこって……気温とか湿度とか、そういうので出るものじゃないの？」

眉を寄せて私が言うと、加連は苦笑を浮かべた。

「普通の霧ならそうだけど、これは違うわ」

霧に霞む遠くの景色を見つめた加連は、言葉を続ける。

「気化現象を引き起こす霧の粒子は、植物から生成されているのよ」

「植物って……光合成みたいに？」

私は驚いて訊き返した。それなら山の危険性は理解できるが……植物がそんな粒子を生み出すなど聞いたこともない。

「そう――あ、ノノ、こっちへ来てみて」

何かを探すように視線を巡らせた後、加連は店の入り口近くに設置されている花壇へ足を向けた。

「……何かあるの？」

夏はとっくに過ぎ、霧のせいで日当たりも悪いせいか、花は咲いていない。ここが無人になってからあまり日にちは過ぎていないはずだが、既に雑草が生えていた。

彼女はそんな寂しい花壇の脇にしゃがんで、雑草の葉を裏返す。

「ほらこれ、見て」

手招きされた私は加連の隣に腰を下ろし、葉っぱの裏側を覗き込んだ。

そこには葉っぱの緑より少しだけ鮮やかな――黄緑色の斑点が浮き出ている。

「これが……何？」

「霧を発生させている原因。植物に寄生する真菌よ」

端的に加連は答え、爪で斑点を引っ掻く。表面が削れて色が薄くなるが、完全に取ることはできなかった。

「真菌……それってカビのことだっけ？」

いまいち自信がなかったが、加連はこくりと頷く。

「ええ。要するに、この真菌が拡散してしまったから――世界中の植物が霧を生み出すようになったのよ」

「じゃあ……加連がこの状況の原因だって言ってたのは、これを作ったから……？」

私は葉っぱの裏側に浮き出ているカビのコロニーを横目で見ながら、ためらいがちに問いかけた。

「まさか――あたしにこんなものは作れないわ、あたしはただ、最初に発見しただけ。この真菌は、ずっと昔から地球上にあったのよ。ただ感染力がすごく弱くて、宿主にできるのは抵抗力の衰えた老木だけだった」

濃い自嘲のこもった声で加連は私の考えを否定し、遠い目で空を見上げた。

「幽霊が見たかったって――あたし、昨日そう言ったでしょう？　だから幼いあたしはまず、過去の事例を調べてみたのよ。そこで気づいたのは、超常的存在との遭遇場所は森や山の中が圧倒的に多かったこと。街では廃墟化した場所での遭遇例がほとんどで、その中でも木造家屋が突出していたわ。それであたしは木に着目して――神社の御神木も含めて調査を重ねているうちに新種の真菌を発見してしまったの」

後悔に満ちた表情で彼女は大きく息を吐いた。

「その時点では、あたしはただ新種を見つけただけの子供で――幽霊にまつわる話なんて誰も真面目に取り合ってくれなかったわ。でもたった一人――あたしの論文に興味を示した人がいて……あたしをアメリカに招いてくれたのよ」

懐かしむように語る加連の横顔を見て、なぜか胸の奥がずきんと痛んだ。

それが初めて見る加連の表情だったからかもしれない。たぶんその人物は加連にとって特別な相手なのだ。

「どんな人だった……？」

ここまで黙って話を聞いていたが、気になって口を挟んでしまう。

「優しくて明るくて――誰からも好かれる女性よ。名前は、ナオ・エアリー。真菌症分野で多くの功績を挙げた本物の天才。あたしは彼女の家で一緒に生活をしていたわ。本当に家族同然で……彼女のことが大好きで、役に立ちたくて、認めてほしくて――あたしは飛び級を繰り返して彼女の研究室に所属したの。幽霊を見たいなんて最初の動機は、いつの間にか忘れていたぐらい必死だった……」

「そう、なんだ……」

自分で訊いたくせに、訊かなければよかったと後悔した。

胸のモヤモヤが大きくなって、気分が沈む。この世界のどこかに、加連にとって一番大切な人がいるというのは、何だか面白くない。

私にとって加連は今一番必要な人間だ。仲良くなるほどに、彼女の存在は心の中で大きくなっている。だけど加連の中には、既に私じゃない人が居座っていた。

それは仕方のないことかもしれないけど、やっぱり納得はできない。

私はたぶん、人生の終わりを加連と迎える。だから加連には、できれば私をきちんと見てほしい。そう思ってしまうのは、わがままだろうか……。

しかし加連が続けた言葉を聞き——そのナオという女性が、自分では絶対に敵わない相手だと知る。

「ナオはあたしがメンバーに加わったことを喜んでくれたけど、研究自体は行き詰まっていたわ。真菌の繁殖条件はすごく厳しくて、サンプルを採取してもすぐ死滅してしまっていたのよ。だからナオは、真菌の感染力を上げようと試みたの。もちろんそれも簡単なことじゃないけど、でもナオはやり遂げて——あたしはやっぱりナオはすごい人だって心から尊敬して——でも、その直後……ナオは品種改良した真菌を持ち出して、世界中にばらまいたのよ」

加連の声が固くなり、瞳に昏い色が宿った。

最後の一言で、ナオに対する印象があまりに変わり過ぎて、頭がついていかない。

ナオは加連が最も頼りにしていた人で、保護者でもあって……一緒に研究をしていて……真菌をばらまいた？　え、それじゃあ——。

「……その人が、犯人ってこと？」

「実行犯という意味ではそうね。でも、あたしも共犯。真菌を見つけたのはあたしだし、品種改良にも協力したんだから……そう、だから確かめないといけないのよ。ナオに会って、何でこんなことをしたのかを問い詰めて、それで――」

白衣の上から腰のふくらみに手を当て、加連は冷たい声で告げた。

「やっぱり……引いたかしら？」

「え――あ、大丈夫！　ただ、びっくりしただけ」

慌てて首を横に振って否定してから、停止していた思考回路を無理やり動かす。

共犯だろうが何だろうが、私にとって加連がしたことは罪じゃない。見たくない未来を消し去ってくれた加連は、私の恩人だ。加連が人殺しをするつもりだったとしても、私は責めたりしない。止めるつもりもない。どこまででもついていく。

ただ……この理屈だと、ナオも私の恩人となってしまう。加連の心を占領している彼女は私にとって邪魔者で、嫉妬と敵意の対象だ。感謝する気持ちは、どうしても湧いてこない。でも筋を通すなら感謝するべきで――その矛盾が上手く消化できず、何だか気持ち悪い。

このモヤモヤを晴らすためには、どうすればいいのだろう。私はとにかく状況を整理するために、加連に確認する。

「つまり……東京にその人が……ナオがいるんだ？」

「ええ、きっと」

短く答える加連の顔を見た私は、一度深呼吸して気持ちを整えた。

彼女の瞳は、自分がやらなければならないことをしっかりと見据えている。最初に駅で出会った時から、彼女は何も変わっていない。

ああ——何を悩んでいたのだろうか。恩人なんて後付けの理屈に過ぎなかった。

加連に好感を持ったきっかけは、彼女が世界をこんな風にしたと知った時じゃない。私の名前を——母のことを褒めてくれた時。

だから、ごちゃごちゃ考えるのはやめよう。

加連は、私が一緒にいたい人。今、一番大事な人。

ナオは、私の敵。加連の信頼を裏切って、悲しませた女。

これでいい。これで十分だ。

「——分かった。じゃあ、行こっか。地図見せて」

私はなるべく明るい声で言い、加連の携帯端末を借りる。

加連がナオの元へ向かうというのなら、私はそこまでペダルを漕ごう。

それはたぶん、私にとっても必要なことだ。

彼女には、私をちゃんと見てほしい。そのためにはまず、ナオとの決着を付けてもらわなければならないと感じる。

だがふと、今後のルートを眺めているうちに、あることに気がついた。

「ねえ、加連。今日はちょっとマシなところで寝たくない？」

「え？　まあ……そうできるならそうしたいけれど……」

その返事を聞いて、私は笑う。今夜は彼女を喜ばせることができそうだ。

「だったら、いい場所があるよ。たぶんお風呂にも入れるから、期待してて」

◇◆

一般道に降りてからは、少しばかり難儀な道のりが続いた。

地図を見る加連の指示通りに進んでも、霧のせいで通れない場所があるのだ。そうした場所に出くわすたび、引き返して他のルートを探すしかなかった。

だから目的の場所に着いたのは想定よりだいぶ遅く、日が沈んだ後だった。

そこは埼玉県と東京の県境付近にある落ちついた雰囲気の住宅街。幹線道路沿いや駅前は栄えているけれど、少し離れれば住宅やマンションが軒を連ねるベッドタウンだ。

人口はそれなりに多いと思うが、現在は行き交う人はおらず、明かりが灯っている家もない。

夜の住宅街というのは普段でも人通りが少ないけれど、家の中からは笑い声やテレビの音が漏れ聞こえ、料理の匂いが漂ってくるものだ。

でも今は、ただ無音。

窓ガラスの向こうには、夜空よりも暗い闇が満ちており、その空虚さに背筋が震えた。

細い道路の外灯だけが道を点々と照らしていて——私はその光を辿るように自転車を走らせ、とある民家の前でブレーキをかける。

周りの家より大きくも小さくもない二階建ての木造住宅は、街に溶け込むようにしてひっそりと佇《たたず》んでいた。

「――着いたよ。今日はこの家で休もう。ここ、おばあちゃんの家なの」

腰に回されている加連の手をポンと軽く叩き、後ろに呼びかける。

地図を見た時、祖母の家の近くを通ることに気がついたのだ。なので、ここを今日の宿泊場所にしたいと思った。

「野中《のなか》……？　確かノノの苗字って、穂村だったわよね？」

自転車を降りた加連は、表札を見て首を傾げる。フルネームは最初の自己紹介でしか口にしていないが、しっかり覚えていてくれたらしい。ちょっとしたことだけど、それが嬉しくて頬が緩んだ。

「うん――野中っていうのは、私の前の苗字」

私は家の前に自転車を停め、ナップサックとトランクを籠から取り出しつつ、加連の疑問に答えた。

「お母さんが義父《あいつ》と再婚した時に、苗字が変わったの。つまりここのおばあちゃんは、ホントのお父さんの母親ってこと」

本当の父親――それは私にとって、最初からいない人だ。私が生まれたばかりの頃に死んでしまったらしく、顔も覚えていない。生きていてくれたらとも別に思わない。だって父親が生きていたら、私は今と全然違う人間になっていただろうから。

それはもう私じゃなくて――ただの別人。別人の人生を思い描いても空しいだけだ。

「そう……だけど親戚の家に来て大丈夫？　ノノは、義理の父親から逃げてきたんでしょう？」

加連は心配そうに辺りを見回す。

幽霊を見た時に事情を軽く説明したので、私のリスクを考えてくれたのだろう。

「義父《あいつ》にとっては親戚でも何でもない、ただの他人だよ。おばあちゃんのお葬式にも来なかったし、ここの場所も知らないはず」

妻の元旦那の親類と関わりたがる男はいないだろう。

義父はそちらの親戚との関係を断ちたがっていたので、母もそれに従っていた。だから私は一人でこっそり祖母の元へ通っていたのだ。

仮に義父が避難船の噂を信じて東京へ向かっていたとしても、ここを訪れることはないと思う。

「ならいいんだけれど——さっきお葬式って言っていたわよね？　今、そのおばあさんはもしかして……」

「うん、半年前に死んじゃった。それでこの家は他の親戚が使うことになったみたい。でも鍵は変わってないはずだし——」

そう言って私は財布の中から、お守り代わりに入れていた鍵を取り出した。

これは……いつでも来ていいよと言ってくれた祖母から貰ったもの。本当ならお葬式の時に祖母の親類へ渡すべきだったのだけれど——どうしても手放せなかった。

だってこの鍵は、私が祖母の家族である証だったから。

玄関に近づき、少し緊張しながら鍵をさして回す。

やはり鍵は同じだったようで、ガチャリと開錠の音が響いた。

扉を開けると、少しお寺っぽい香りが鼻腔を撫でる。祖母は毎日仏壇にお参りしていたので、家中に線香の香りが染みついているのだ。

壁のスイッチを手探りで押すと電気が点き、玄関と奥の廊下が黄色っぽい明かりで照らされる。

玄関には靴がなく、靴箱の上に置かれた水槽も空っぽだった。余計な物がない玄関先は生活感が欠如している。

霧が出て避難したというよりは、元から誰も住んでいないという感じだ。ただ電気はきているし、埃も積もっていないので、何らかの用途で使っていたのだろう。

私は口の中で「――ただいま」と呟いてから、靴を脱いで廊下に上がった。とりあえず居間に向かうと、加連も後をついてくる。

重い引き戸を開けると、記憶とはかなり違う光景が目に飛び込んできた。

家具はほとんどなく、壁には習字の作品がたくさん貼り付けられている。どうやら書道の教室として利用しているらしい。

そういえば本当の父の姉にあたる人が、書家だという話を聞いたことがあった。

祖母と一緒に入った炬燵《こたつ》も、古いテレビもない部屋は、とても広くて寒々しい。

「……ここじゃ、落ち着けないな」

私は溜息をつき、背後の加連を振り返る。

「二階に行こ。私がよく使ってた部屋があるの」

二階には三部屋あるが、うち二部屋は物置同然の状態となっている。覗いてみると、居間からなくなっていたテレビが段ボール箱の上に置かれていた。

「ここ？」

後ろから覗き込んでくる加連に、私は「違うよ、そっち」と言って首を振り、客間の方に彼女を導いた。

「あ……」

電気を点けるとほとんど変わらない部屋の様子が露わになって、安堵の息が漏れる。

畳の部屋には賞状やトロフィーなどが飾られた棚があり、その横には古い鏡台が置かれていた。

ふらふらと部屋の中央まで進み出た私は、その場にすとんと座り込む。

とても——とても久しぶりに、安心できる場所へ来た気がする。その場所に、加連も一緒にいてくれる。心が緩み、体から力が抜けた。視界が滲む。

ずっと私は不安の中にいた。それは義父から逃げ出してからのことではない。祖母が死んでから、私に安らげる場所はなくなっていたのだ。

「畳の匂いは何だか落ち着くわね。昔、日本にいた時は……こういう感じの家に住んでいたから」

加連は部屋の隅にトランクを置くと、私の横に腰を下ろした。

「押入れにはお布団があるはずだから、今日は気持ちよく眠れると思うよ」

私はナップサックを肩から降ろし、畳にゴロンと寝転がる。

「それはありがたいわ。でも、できればその……」

何か言いたげに彼女は私の顔を覗き込んだ。

「あ、寝る前に夜ご飯だよね。台所に行こうか。何か食べられるものがあるかもしれないし
――」

「いえ、それもあるんだけれど……ノノ、言ったじゃない？　お風呂に入れるかもしれないって」

切実な声で言い、目で訴えてくる。

「ふふ――ごめん、途中で分かってた」

にやりと私は笑って身を起こした。加連が期待通りの反応を見せてくれて嬉しい。

そしてこんな風に――友達みたいなやり取りを自然とできたことに頬が緩んだ。

「なっ……もう！」

むっとした表情になり、加連は私を恨めし気に睨む。

「だからごめんって。お風呂にお湯を張るから、その間に何か食べよ」

休みたいと訴える体を無理やり動かし、私は立ち上がった。

「……ノノは、親しくなると意地悪になるタイプね」

仕方ないという顔で嘆息して、私に手を差し出す。立つのを手伝えというのだろう。

「加連はたぶん、甘えん坊になるタイプでしょ」

私が手を握って言い返すと、彼女は「……違うわよ」と目を逸らした。


台所にはレトルトのカレーとご飯の買い置きがあったので、私たちは久々にまともな食事をすることができた。

賞味期限がギリギリだったのを見ると、これは祖母が私のためにストックしてくれていたものだろう。私が祖母の家を訪れるのはいつも突然だったため、普段炊いている量のご飯では足りなくなってしまうのだ。

そして食事の後は、念願のバスタイムになったのだが——。

「……ノノ、本気？」

「えっと、嫌なら別にいいんだけど……」

私は脱衣所の前で加連と向き合いながら、頭を掻く。

この明らかに嫌そうな表情を見た時点で、答えは分かったようなものだ。こんな空気になってしまうのなら、やめておけばよかった。

二人でテーブルを囲んでの食事があまりに楽しかったので、ついその流れで軽く言ってしまったのだ。

お風呂、一緒に入ろうよ――と。

「ノノはよく誰かとお風呂に入るのかしら？」

加連は即答せず、逆に質問してくる。

「ううん、入らない」

「じゃあ……どうして？」

少し警戒するような眼差しを向けてくる加連を見て、ずきりと胸が痛んだ。

「いや――何だか、加連と友達っぽいことをしたくなって……」

他に言いようもなく、私は自分を血迷わせた感情について説明する。

そう……単に思いつかなかっただけなのだ。これ以上、加連と距離を縮める方法が分からなくて、友達ならやりそうなことを口にしただけ――。

クラスの女子たちが、お互いの家に泊まったことや、一緒にお風呂に入った時の話をしていたので、友達なら普通のことなのだろうと思っていた。

でもそれは、たぶん本当に仲がいいからできたことなのだろう。実体験のない私は色々と段階をすっ飛ばした提案をしてしまったに違いない。

「ノノは、あたしと友達になりたいということ？」

「まあ、その……友達というか……私たちさ、何か相棒みたいな感じじゃない？　そういうの、私は楽しくて――だから、もっとちゃんと一緒にいられるような感じになれたらなって……」

しどろもどろに言い訳すると、加連は苦笑を浮かべる。

「そんな顔をしないで――まるで叱られたあとの犬みたいよ？」

そう言って背伸びをし、私の頭をポンポンと撫でた。

「……犬はひどいなぁ」

「あたしにとっては、どちらかというと褒め言葉。可愛らしいっていうこと。分かったわ――一緒に入りましょう」

仕方ないという様子で私の手を引いて、狭い脱衣所に入る。

「いいの？」

「――同性でも恥ずかしいし、抵抗もあるけれど、ノノの頼みなら断れないわ。断ったら釣り合わなくなってしまいそうだし……それに、最後に友達を作るのもいいかもしれないって思ったから」

頷く加連だったが、そこで急に真面目な顔になった。

「でも、一つだけ確認させて。ノノはその……女の子に、普通以上の関心がある人だったりする？」

「ええっ!?　ち、違うって……たぶん」

そんなことをこれまで考えたことがなかった私は、慌てて加連の疑念を否定する。

男子からは距離を取っていたが、だからといって女子に変な気を起こしたことはない。部活仲間のエッチな話には、つい耳を傾けてしまったし――周りの女子と感覚は乖離していなかったように思う。

「そう、ありがと。どちらでも断るつもりはなかったけれど、心構えが違うから」

加連は礼を言い、早速服を脱ぎ始める。

これまで更衣室で他の女子の着替えを間近に見ても、特別な感情を覚えたことはなかった。けれど白衣とセーラー服を脱ぎ、下着姿になった加連を前にして——思わず見惚れる。

肌は抜けるように白く、シミや傷跡は一つもない。背中に流れる長い黒髪は、肌の透明感をより引き立てていた。服を脱いだ体はいつにも増して小柄に感じられたが、慎ましい起伏とくびれが瑞々しい曲線を描き出している。

同性でも目を奪われてしまう、際立った美しさがそこにはあった。

「あまりじろじろと見ないで。恥ずかしいわ」

ブラを外そうとしていた手を止めて、彼女は私を睨む。

「あ——うん」

我に返った私は頷き、急いで自分も制服を脱ぐ。その間に加連は手早くショーツも脱ぎ、先に浴室へと入った。

私もタオルを手に、加連の後に続く。

むわっと湯気が充満した浴室は、二人で入ると明らかに手狭だ。

「えっと……同時には洗えないから、加連がそこに座って。私が汗を流してあげるよ」

無理を言った手前、私はそう提案した。

「いえ、自分でやった方が――ああ、そうするとノノのやることがなくなるのね。じゃあ……お任せするわ」

加連は躊躇しながらも、浴室用の椅子に腰を下ろす。私はシャワーを手に取ると、コックを回して水がお湯になるのを待った。ガスがまだ来ていて、本当に良かったと思う。

「こうしてみると……何かあれだね。やっぱり変な感じかも」

加連の真っ白な背中を間近で眺めていると、落ち着かない気分になる。

「自分で提案したくせに……」

椅子に座る加連はこちらを振り向き、恨めしげな表情を浮かべた。

「それはそうなんだけど――あ、あったかくなってきた。じゃあ流すねー」

シャワーを向けると加連は体をびくりとさせる。

「熱かった？」

「――ううん、ちょうどいいわ。自分のタイミングじゃないから、驚いただけ」

首を横に振り、加連は前かがみに顔を伏せた。

とりあえず私は加連の長い黒髪にもシャワーをかけるが、そこからの行動に迷う。洗うのなら髪や体に触れなければならないのだが、何となくそれはイケナイことのような気がしたのだ。

「や、やっぱり私がシャワーを持ってるからさ――あとは加連が自分で洗ってよ」

「……それってノノがいる意味はあるのかしら」

「あんまりないかもしれないけど……気持ちだよ、気持ち」

シャワーを壁の固定具に置けばいいだけなのかもしれないが、ここは納得してもらうしかない。

「不合理ね。まあ、ノノがそう言うのなら構わないけれど」

加連は小さく笑ってから、自分で髪を洗い始めた。

他人が体を洗う光景をまじまじと見つめるというのも、見てはいけないものを見ているような――ちょっと後ろめたい気持ちになる。ただそれを許してもらえていることは、加連との距離が縮まった証に思えて、何だか嬉しい。

「加連は、いつからお風呂入ってなかったの？」

黙っているのは何だか覗き見をしているみたいだったので、私はシャワーを持ちながら話題を振った。

「……一昨日からよ。日本に向かう機内で夜を迎えたから、汗を流せなかったわ」

髪を丁寧に洗いながら、加連は私に返事をする。

「その割には全然汗臭くないね」

「――に、匂いは嗅がないで」

私がくんくんと鼻を鳴らすと、加連は慌てた様子でじたばたと腕を振った。頭を洗っている最中だったので、顔を上げることができないのだ。

「あはは……ごめん。でも、いい匂いだよ」

「ヘンタイ」

ぼそっと不機嫌な声で加連は言い、髪を洗う手を速める。

これ以上怒らせてはいけないと思った私は、シャワー役に徹した。

「――終わったわ。交代する？」

「ううん、加連は先に湯船へ浸かってて。私は自分で洗うから」

私は手早く全身を洗い、加連が浸かっている小さな浴槽に身を沈めた。

「ふぅ……」

温かいお湯に浸かると、全身から疲労が滲み出ていくようだ。ただゆったりと座るスペースはないので、加連の華奢な肩と体が触れる。

直接感じる肌の柔らかさと加連の体温にどきりとして身を固くすると、彼女も緊張した様子で口を開く。

「あたし、出た方がいいかしら？」

「ううん、大丈夫だよ。まだ温まってないでしょ」

気を遣う加連を引き留め、少しでも体を伸ばせるように姿勢を変えた。その結果、互いに足を交差させ、向かい合うような格好に落ち着く。

何も入浴剤を入れていないお湯は透明で、加連の裸身を正面から見つめることになった私は、自分の鼓動が速まっていることを自覚した。

仄かに火照った加連の白い肌と、湯気と共に満ちる甘い香りに何だか頭の奥が疼く。

「ねえ――加連」

「何？」

「私さ、ホントに可愛い子を生で見たのって……加連が初めてなんだよね。だからそのせいだと思うんだけど――妙にドキドキするの。これってヤバイかな？」

私が今感じていることを黙っているのは、卑怯な気がしたので正直に告白する。女の子に特別な関心はないと答えた手前、何だか嘘をついたような気持ちになったのだ。

「……あたしが可愛いかどうかは置いておいて――ノノの反応は別に異常ではないと思うわ。あたしだって、平常心じゃないもの」

加連は恥ずかしそうに胸のあたりで腕を組み、言葉を続ける。

「さっきはあんなことを言ったけれど――生物学的に見れば、同性に関心を持つなという方が無茶な要求なのよ。人間は本来、どんな人間でも愛せるようにできているんだから」

「そ、そうなの？」

中学三年生の中でも頭の悪い部類である私は、いまいち理解できず首を傾げた。

「あたしたちは誰でも、心の中に女性的な部分と男性的な部分を持っているわ。そのどちらが大きいか――もしくはどちらを選ぶか――それだけのことなのよ」

「選ぶって……選べるようなものなのかな？」

そういうものは先天的なもので、自分の意志でどうにかなるようなものではないイメージがある。

「もちろん選びようがないほど、性質がかたよっている人もいるわ。けれど、幼少期を見れば分かるように——大抵の人間は、生まれた時点では性差が少ないのよ。それが体の成長——特に第二次性徴に伴うホルモンバランスの変化に促されて、体に適応した自意識を獲得するの。だけど本来持っていた異性的な性質が消えるわけじゃない。それはきっかけさえあれば、簡単に表へ出てきてしまう」

「き、きっかけ？」

「たとえば……自己の否定。周囲に拒絶されたり、自身の存在価値を見失った時——人間は新たな可能性を求めるわ。それが〝異性としての自分〟であることは、決して珍しくないのよ。あとは——環境の変化とかかしら」

そう言うと加連は手を伸ばして、お湯の中で私の手を握った。

「……加連？」

どきりとして加連の目を見つめると、彼女は淡い笑みを浮かべる。

「今日は——他の人を誰も見なかったわよね？」

「あ、うん……そういえば、そうだね……」

自動車道を走っていても、車とすれ違うことは一度もなかった。今朝の幽霊以外には、人影も見ていない。

「まるで、世界に二人きりみたいだった……そんな環境なら、あたしたちはお互いを唯一の他人として強く意識するでしょう？」

頷きながら、からめられた指を見つめる。

「人間は集団で暮らす生き物だから、その価値基準は常に他者へ依存するわ。ノノはその……さっき、あたしを〝可愛い女の子〟と言っていたわよね？　そういうことを意識した時点で、ノノの感性は、相対的に男性側へ近づいてしまうのよ」

「うん……」

加連は分かるような分からないようなことを言いつつ、手を引いて私に体を近づけた。

「そしてそれは、あたしも同じ。同性ではあるけれど、あとは何もかもが正反対――ノノは背が高くて、体も引き締まっていて……特に胸なんて……あたしよりもずっと女性的だわ。だから自分とは違う存在として意識してしまう……これは、仕方がないことよ」

けれど加連が続けた言葉で、鼓動が速まってしまっていることへの罪悪感はなくなる。

私が加連の体を見ていたように、加連も私をちゃんと見ていたのだ。私たちは同じ気持ちで、釣り合っていたんだと分かって、胸がすごく軽くなった。

ただ――顔がやけに熱い。まだ湯船に入って間もないのに、もうのぼせてしまったかのようだ。

「そっか……仕方ないんだ」

「ええ、仕方がないわ」

私と見つめ合いながら、加連は笑顔で繰り返す。その頬に差した赤色は、さっきよりも濃い。

「あのさ……私たち、明日は東京に入るんだよね？」

視線は外さないまま、私は加連に問う。

「ええ――」

「霧はどんどん濃くなるんでしょ？」

「……ええ、きっと」

「じゃあ――明日で死んじゃうかもしれないよね？」

このまま先に進むというのは、そういうことだ。霧が気化現象を引き起こすのなら、視界率が悪い場所ほど気化する可能性が上がる。気化なんて言い方だと軽い感じだけど、それは結局のところ死と同じ意味。

だから視界率が最低レベルなはずの東京は、いつ死んでしまうかも分からない危険地帯だ。

東京を霧が覆った日に、住民は気化してしまったのだろう。

それに今朝見たような、霧の怪物がうろうろしている可能性もある。

「かもしれないわ」

視線を外さないまま、加連ははっきりとした声で肯定した。

「……怖くない？」

「ノノは――怖いの？」

逆に問い返された私は、苦笑する。

それは少しばかり痛い質問だった。

最初は全く怖くなかった。目指していた未来に届かなくなったことが納得できなくて、周りの全てを道連れにして消えてしまいたいとまで思っていた私は、世界が終わっていくのをむしろ喜んだ。これで何もかも、私と一緒に終わりになると安心した。

でも母が気化して、義父に怯えて……終末までの時間は、苦しいものへと変わった。

ただ、自分が死ぬことについてはまだ怖くなかったと思う。むしろ早く終わってしまいたいという気持ちは強くなっていた。

そうした時に、私は加連と出会った。加連と話すことは楽しくて、終わるまでの時間を一緒に過ごしたいと願うようになった。

けれど加連と仲良くなるほどに、寂しさが埋まって心が満たされていくほどに、別の感情が生まれていた。

ずっと目をそむけて、意識しないようにしていたけれど、そろそろ観念しなければならないらしい。

もうこれ以上はごまかせない。何より、加連に嘘はつきたくない。

「少し前までは……怖くなかった。だけど今は――こういう時間に終わりがあるんだって思ったら、ちょっとだけ怖い」

覚悟を決めて、私は本音を口にする。

「そう――」

どこかホッとした表情で頷く加連を見て、彼女も同じ気持ちなのだと知った。だったらきっと、今――心が求めていることも同じだと思う。

私は繋いでいた手を解き、加連の体を抱き寄せた。

小柄で華奢な肢体が腕の中に納まり、肌と肌が直接触れる。加連の柔らかさと体温が直接伝わってきて――今まで経験したことのない、深い安心感に包まれた。

加連は抵抗することなく、無言で私の背中に手を回す。火照った彼女の体から立ち上る甘い香りが、とても心地いい。

――ちゃんと一緒にいられるような感じ。

お風呂に誘った理由を説明した時、私はそう言った。それを求めていた。

そしてその望みを果たす唯一の方法こそ、直接鼓動を感じることだったのだと気づく。

こんな感覚は、生まれて初めてだ。

胸の内に幸せが満ち、心が解けていく。

言葉を交わして、気持ちを理解するだけじゃ、きっと足りない。

私たちは生きているから、体があるから――肌で触れないと本当のことは分からないのだ。

「嫌じゃない……？」

加連の耳元で囁くと、彼女は無言で私の背中に回した手に力を込めた。

分かり切った質問をするなということだろう。

私は満足して小さく笑い、触れ合う場所から伝わる心音に意識を傾ける。

そうして私たちはのぼせる寸前まで、ずっと互いの体温を感じていた――。

◇◆

お風呂から上がった後、二階の客間に布団を敷く。

押入れには複数の布団が収納されていたけれど、敷いたのは一組だけ。触れ合うことであまりにも満ち足りて——安心できることを知ってしまったから、今さら離れて眠る理由はなかった。

改めて考えると不思議だ。加連とは出会ってまだ二日しか経っていない。なのに、今は誰より大切で、かけがえのない存在になっている。少し前までは、ただの他人だったことが信じられない。

パジャマに着替えた私と加連は枕を並べ、一つの布団にくるまる。ちょっと狭いけど、体を寄せればちょうどいい。

——温かい。何て幸せなんだろう。

体はまだ熱を持っているので、眠気は少し遠い。なので息がかかる距離で視線を交わしながら、ぽつぽつと明日のことを話し合う。

「……東京の、どこまで行くの？」

「まずは沿岸部——芝浦埠頭。レインボーブリッジの近くよ」

「埠頭って港だよね？　もしかして噂になってた避難船と関係あるの？」

ほんの一時ラジオで流れたという避難船の案内。港と聞いて思い浮かぶのはそのことだ。

「避難船……？　何のことかしら？」

どうやら加連は噂を知らなかったらしく、きょとんとした表情を浮かべる。

「えっとね、前にラジオで――」

私が避難船の話を説明すると、彼女は呆れた顔で嘆息した。

「……ノノ、それは単なるデマだと思うわ。霧に呑まれた東京へわざわざ避難民を誘導するのはおかしいし、救助活動自体も困難よ。情報が曖昧なのがその証拠」

「た、確かにそうだね……」

それは私自身も思っていたことだったので、デマと断じられてすっきりする。

「あたしの目的は船じゃなく、埠頭にある小さな公園よ」

「公園……じゃあ、そこに？」

加連が会おうとしている女性――ナオ・エアリーがいるのだろうか。

「……分からない。ナオの足取りは、飛行機で羽田空港に着いたところまでしか把握できていないのよ。でも、その公園には立ち寄っている可能性が高いわ。あの事故の……慰霊碑があるから」

「慰霊碑？」

「七年前――東京湾で大型船の沈没事故があったでしょう？　覚えているかしら？」

「そういえば、そんな事件があったような……」

私は記憶を辿りつつ、曖昧に頷く。

当時はかなりの騒ぎになっていたが、もう七年前——小学生の頃の出来事だ。どれだけ大きな事件であろうと、自分に直接関わりがなければ忘れてしまう。

「死者百二十五人、行方不明者三十六人——事故原因は未だ不明。テロの可能性も疑われていたけれど、沈没した船体を調べるのが困難で未だ結論は出ていないそうよ」

「……よくそこまで覚えてるね」

やっぱり頭がいい人は記憶力も高いのだろうかと考えながら、私は感心する。

「当時の記憶じゃないわ。死者と行方不明者の数が定まったのは、事故後かなり経ってからだもの。つい最近——あたしを護送していた人間から聞いたのよ」

「あ、加連はその人たちから逃げてきたんだったよね？」

そういえば加連は追われる立場でもあるのだ。東京へ向かうという意識が先行していて、逃亡中であることを忘れかけていた。

「ええ、どういう組織かは教えてくれなかったけど、国境を越えて活動できる機関の人間であることは確かよ。世界の滅亡に立ち向かう、正真正銘の正義の味方ね。そんなエージェントに膝蹴りを喰らわせた女子中学生は、たぶんノノだけだわ」

「か、からかわないでよ……」

加連は自分が悪人で、追ってきているのは正しいことをしている人間だと言っていたが——

——まさにその通りだったのだ。

とんでもない相手に膝蹴りをしてしまったものだと、変な汗が出てくる。

「研究所で拘束されたあたしは、ナオの行方を捜すために、彼らを利用したのよ。ナオが持ち出したデータがあれば、この事態をどうにかできると嘘をついて——ね」

「嘘なんだ……やっぱり、もうどうにもならないってこと？」

「ええ、打つ手はないわ。霧は広がり続けて、人類が生存可能な環境は失われる。まあ、霧の正体や性質を知っている一部の人たちは、シェルターに隠れて生き延びるかもしれないけれど……きっとジリ貧よ。もう人類の繁栄はなく、衰退していつか途絶えるだけ」

淡々と答える加連の顔を間近で眺めて、私は意外に思う。

「——怒ってないんだね」

「え？」

「人類が滅びちゃうことについて、加連は怒ってないように見える」

私がそう言うと、加連は目を見開き——苦笑を浮かべた。

「……原因を作ったのはあたしなんだから、怒る資格なんてないでしょう？　それに……気化していく人たちの中に、死んで悲しいと思える人はいないんだもの。あたしにとって大切な人間は、ナオだけだったから」

それを聞いて胸の奥が軋む。

加連と会う前の私に似ている。たぶん加連はナオ以外に心を許せる人間はいなかったのだろう。

ナオに裏切られた今も、加連の目はナオ・エアリーに向いている。

あたしは今、加連のことしか見えていないのに……。

「じゃあ──何を怒っているの？　ナオに会って、何でこんなことをしたのか問い詰めるって言った時、加連は確かに怒ってた」

本当はあまりこの話題を続けたくなかったが、曖昧なままにしておくのも嫌で問いかける。

最初に聞いた時は、こんな事態を引き起こした彼女を糾弾するというような意味合いに思えたが──ナオ以上に大切な人間がいないとなれば話は変わってしまう。そんな相手に対し、本気で怒りを向けられるものだろうか。

じっと視線を外さずにいると、加連は何かを堪えられなくなった様子で表情を歪める。

「全部……素通りしていたのが、分かってしまったのよ」

今にも泣き出しそうな加連を見て、私は布団の中で彼女の手を握る。その手は固く握りしめられていて、少し震えていた。

「素通りって？」

加連はしばらく黙り、それから言葉を探すようにゆっくりと口を開く。

「あたしとナオはね、さっき言った沈没事故で家族を亡くしているのよ。あたしは両親を、ナオは父親を失った……」

「え……」

素通りという言葉の説明にはなっていなかったが、それは思いがけない情報だった。

加連が両親を亡くしたことで、幽霊を観測する方法を探し始めたのは聞いていたけれど、その発端が先ほど聞いた沈没事故とは思っていなかった。

「事故当時に面識はなかったわ。真菌の件でナオがアメリカから会いに来てくれた時に、お互いが被害者遺族だって分かったの。すごい偶然だって思った。そして、ナオはあたしと同じなんだって、思いこんじゃったのよ。真菌と幽霊の関連性に興味を持つのは、ナオも事故で死んだ父親に会いたいからなんだろうって……この人ならあたしのことを何もかも理解してくれるに違いないって……」

「でも──そうじゃなかったってこと？」

戸惑いながら私は問う。状況から推察すると、加連がそう思うのは自然だ。

悔しいけれど……加連にとってナオが特別な存在になるのは当然と言えた。

「……分からない。今でも、本当に分からないのよ。父親の幽霊を観測するために、事故現場で大規模な実験をしたかったのだとしても、わざわざ世界中に真菌をばらまく必要なんてないわ。本当に理解できない……あたしはナオのことを何も知らなかったんだと思う」

自嘲の混じった声で加連は言う。

「一つだけ確かなのは、ナオの目的が何であれ──そのために世界が滅んでも構わないって判断したことよ。ナオは世界を……あたしとの生活を終わらせることを、ためらわなかった。あたしはいつまでもナオの傍にいたかったのに……ナオはそうじゃなかったの。あたしの信頼も愛情も、彼女には届いてはいなくて……どこかへ消えていた──」

だから──素通りなのか。

加連の気持ちは一方通行で、ナオと釣り合ってはいなかったのだ。

私は胸の内で考えながら、黙って加連が想いを吐き出し終わるまで待つ。

「そんなの……そんなの、悔しいじゃない！　このまま……何も分からないまま、死ぬなんて納得できないわ！　だからあたしは、直接会って確かめる！　確かめて、それで――」

声をうわずらせて叫んだ加連は、そこで初めて視線を逸らした。その先にあるのは枕元にたたんで置かれた彼女の白衣。おそらくその中に、彼女のピストルもある。

「うん――分かった。一緒にナオのところへ行こう」

加連の頭を胸元に引き寄せ、優しく抱きしめた。

「……幻滅してない？　これ、完全に私情よ？　自分で言うのも何だけど……すごくカッコ悪いと思うわ」

幼い子供のように加連は私の胸へ顔を埋め、小さな声で言う。

「いいよ、別に。むしろ――私でも理解できる理由で、ほっとした」

私は頭が悪いから、難しい理屈とか大義は分からない。だから加連がそういう理由で動いていたら、最後まで彼女のことを理解できずに終わってしまう。

そうならなくて――本当によかった。

加連の悔しさも悲しみも、私はちゃんと理解できる。加連のことを分かってあげられる。

カッコ悪い私情だろうと、怒りだろうと、ピストルの形をした殺意だろうと、私は否定したりしない。

それを伝えたくて、私は加連の髪を優しく撫でた。

「ノノ……」

「私は――加連のことを、一つも取りこぼさない。どんなことだって、素通りさせたりしない。だって……そんなの、もったいないもの」

全部を受け止めたい――何もかも受け入れたい――そんな気持ちが自然と溢れてくる。

「……ありがとう」

加連は囁くように言い、私の胸から顔を上げた。

再び視線が交わる。先ほどよりも近い距離で――。私だけを見てほしい。

今だけは、ナオ・エアリーを忘れてほしい。

強い衝動に背中を押され――気づいた時には、私は唇で彼女の額に触れていた。

「……………おやすみの挨拶……だから」

我に返った私は慌てて言い訳をする。

加連がそれをどう取ったのかは分からない。私の独占欲とか嫉妬はたぶん見透かされていたように思うけれど――彼女は柔らかく微笑む。

「じゃあ、あたしも……おやすみなさい、ノノ」

ついばむような一瞬の挨拶は、私の唇にこれ以上なく加連の存在を刻み込んだ。

この感触を、全てが終わるときまで覚えておきたい。

私は強くそう思いながら目を閉じ、最後になるかもしれない夜へと沈んでいった。

◇◆

「――ぐっ⁉」

悲鳴と衝撃――大きな物音。そして体にのしかかる重み。

瞼の向こうの明るさを意識し、既に日が昇っていることを悟る。

心地いい眠りに浸っていた私は、強引に曖昧な夢の中から引き摺り出され――強い危機感と共に瞼を開いた。

瞳に映ったのは、私を見下ろす男の顔。

思わず呼吸が止まる。その男を、私はよく知っていた。

弱い母に付け込んで、私の家を支配した侵略者。義父などと呼ぶことすら不快な、私の敵。

――何で、何で、何で――！

頭の中が真っ白になる。逃げなきゃと思うが、体を動かせない。

これは夢だ。私は悪夢に囚われているだけ――そうじゃないとおかしい！　こんなこと、あるはずない！

胸の中で叫ぶが、悪夢は覚めない。喉は驚きと恐怖で引きつり、声をあげることもできない。

義父は布団の上から私に馬乗りになり、太い両腕で私の肩を押さえつけていた。その力はとても強くて――パジャマ越しに食い込む指の感触が、私の中にある怯えを増幅する。

スーパーで組み伏せられた時のことが頭をよぎった。けれど――どこか決定的な部分が違う。

スーパーにいた男たちを血迷わせたのは、きっと抑えきれない情欲だ。彼らの目的は私たちを犯すことであり――他のことは手段に過ぎなかった。

でも義父は違う。

この怪物は瞳に昏い炎を宿し、ひきつった笑みを浮かべていた。

情欲だけではない――たくさんの淀んだ感情が混じり合って、黒く禍々しい何かに変質している。

分からない――この男が何を考えているのか、分からない！

そしてそこで悪寒が走った。

加連は……隣に寝ていたはずの加連はどこにいったのだろう。

目だけを動かして彼女を探すと、すぐにその姿は見つかる。

「――!?」

パジャマ姿の加連は壁際に倒れていた。うつ伏せになっているので表情は見えないが、頭から出血しているのは分かった。その有様は気化する寸前の母と重なり、私の意識を白熱させる。

加連はたぶん、私より早く義父の侵入に気づいたのだ。そして私を守ろうとして――殴られた。

……殴った？　この男が、加連を――。

視界が赤く染まる。義父に掴まれた肩の痛みを忘れた。

瞬間的な激昂が恐怖を塗りつぶし、喉と肺が正常な機能を取り戻す。

「――何でっ！　何で何で何でっ!!　殺してやる――殺してやるっ!!」

疑問と憎悪をほとばしらせ、私は義父を睨みつけた。

義父は一瞬だけ怯み、だがその直後――彼の顔はどす黒い感情に歪む。

私の声を掻き消すほどの叫びをあげ、義父は片手で布団をめくり、パジャマを引き破いた。

服がはだけて、胸元に冷たい空気が触れる。

あられもない姿になった私を押さえつけながら、義父は大声で怒鳴り続けていた。

その言葉はほとんど聞き取れなかったけれど、理解できる単語がところどころに混じっている。

「お前が――けるな――つも――馬鹿に――な――馬鹿にするな馬鹿にするな馬鹿にするな――お前――見下されたまま――終わって――かっ――!!」

その言葉と淀んだ彼の目を見て、私は悟った。

私が家でずっと義父に抗い続けてきたことが、どれほど彼にとって我慢ならないことだったかを。

「もう――に逃げても――ない！　その――に！　その前に――お前を――お前をお前をお前をお前をっ――てやる――屈服させてやるっ!!」

この二日で世界の状況はさらに悪化して、義父も逃げ場がないことを自覚したのだろう。死が避けられないことを知り、絶望して、その上で選んだのが、きっとこの行動——。

このままでは死んでも死にきれない……そう思うことが彼にもあったのだ。

加連がナオ・エアリーを殺すと決意したように——義父は私を屈服させることを〝死ぬ前に果たすべきこと〟に決めたのだと思う。

私を屈服させ、今度こそ支配するために、義父は私を蹂躙《じゅうりん》しようとしている。

だけど……思い通りになってやるものか。

どんなことをしてでも、こいつが満足するような結果にだけはしてやらない。

そう自分自身に言い聞かせながら、私は義父の顔を見据えた。

そんな私の表情がよほど気に入らなかったのか、義父は素早く体勢を変え——片手で首を押さえつけながら、空いたもう片方の腕で私の顔を殴った。

「っ……!?」

鈍い重い衝撃が頬と鼻に響き、遅れて痛みがやってくる。口の中には血の味が広がり、視界は勝手に出てきた涙で滲んだ。

義父は私を殴ったことで少し余裕を取り戻し、嫌らしい笑みを浮かべて顔を近づけてくる。目は血走り、淀んだ瞳は焦点が合っていない。

全身が恐怖に震えた。顔が絶望で強張った。

たぶん義父は、手始めに私の唇を奪うつもりなのだろう。けれど今の私にとって、それは体を犯されることより耐えがたいことだった。

昨夜——加連と交わした一瞬の短い挨拶。あの時……私の唇に残った感触は、こんな終わりかけの世界で確かなものを手にした証に思えた。

だから、絶対に失いたくない。こんな男に上書きさせてなるものか。

——あの瞬間を汚されてしまうのなら、死んだ方がマシだ！

でも……私が死んだら加連はどうなる？　私の征服に失敗した義父の矛先は誰に向く？

そう考えると自殺はできない。加連は今の私にとって何より大事な存在だから——どんなことをしてでも守らなければ。絶対に失いたくないものでも、そのためなら捨てられる。

唇を奪われたとしても、その瞬間にこいつの舌を嚙みちぎって——。

空気が震えた——義父の体が微かに揺れた。それはいつか聞いた轟音。

彼のこめかみから、血と黄色っぽいモノが飛び散るのを見る。

淀んだ感情を湛えていた彼の瞳は焦点を失い、私の首を押さえていた手からは力が抜けた。

がくんと崩れ落ちるようにしてのしかかってくる義父の体——私はそれを反射的に突き飛ばす。

義父の体は重かったが、バランスを崩してそのまま私の横へと転がった。

「あ……あ……」

そして彼が倒れたのとは反対側から、かすれた声が聞こえてくる。振り向くとそこには、ピストルを構えた加連の姿があった。

銃口からは白い硝煙が上がり、加連の手はカタカタと震えている。

「あたし……あたし――」

私と目が合うと、加連は怯えた顔でピストルを手放し、胸の前で両手をぐっと握りしめた。

額から流れ落ちた血が、涙のように加連の頰を伝っていく。

その血に本物の涙が混じるのを見て、私は身を起こした。

立ち上がる時間も惜しくて、這うように加連の元へ近づき、彼女の体を抱きしめる。

「っ……あぁっ――ああああああああああああっ!!」

すると加連は、堰を切ったように大声をあげて泣き出した。

その泣き声は悲痛で、私の胸に深く突き刺さる。

「あああああうう……ああああああっ……あううっ――ああああああああっ!!」

加連は長く、長く泣き続けた。私のパジャマは加連の涙でぐっしょりと濡れ、部屋には血の臭いが濃くなっていく。

倒れている義父の頭からは血が流れ出し、布団と畳を真っ赤に染めていた。

私は何も言えないまま、加連の背中を撫でる。

「……………あたし……あたし……何で――」

やがて加連の泣き声に掠れた言葉が混じり始めた。

「殺す必要……なかったのに……前みたいに、威嚇しておけばよかったのに……どうして――何で――」

加連は後悔するように呟く。でも私は、加連が判断を誤ったわけではないと知っていた。

「ううん――加連は……何も悪くない。撃たなきゃ、あいつは止まらなかった……私は犯されて……最後には殺されてた。だから間違ってない……加連は悪くないの。私を助けてくれたの！」

泣き続ける加連の耳元で、私は懸命に訴えた。

私にとって不幸と嫌悪の象徴であり、最悪の敵だった義父を、加連はこの世から消し去ってくれたのだ。

何も悪いことなんてしていない。これが罪だなんて、誰にも言わせるものか。

「悪くない……？　そんなわけ、そんなわけないじゃない！　悪いわ――どうしようもないぐらいに最悪よ！　人を殺すのって……こんなことなの!?　こんな、こんな……あたしは……！　これじゃ、もう――！」

「ごめんっ……ごめんね加連……本当にごめん！」

絞り出すように謝罪しながら、ぎゅっと彼女を抱きしめ続ける。

私がどれだけ感謝しても、悪い事ではないと言っても、加連自身が己の行動を罪だと感じてしまっている。

本当に取り返しのつかないことをしたのは私だ。私が義父を殺さなければならなかったのだ。

それなのに……加連に手を汚させてしまった。そして子供のように泣く彼女を見て、気づいてしまった。

――加連は、人を殺せる人間じゃなかった。きっともう、彼女は銃を握れない。

私は加連の――最後の願いを奪ったのだ。

だから、だからせめて――。

「加連、ごめんね……ありがとう。今度は、私が助けるから」

私はそう言いながら、畳に落ちていた黒い金属の塊へ手を伸ばした。

〈そしてその日——少女の姿は消える〉

第五章　果てのほとりで

玄関を出ると、家の前には見慣れた白い軽自動車が停まっていた。

義父が乗ってきたものだろう。なぜエンジン音に気づかなかったのか。今更後悔しても意味はない。

だけど、意味はないけれど——どうにも我慢ができなくて、運転席のドアを足で蹴る。

その音は思ったよりも大きく朝の街並みに響き渡った。

「……ノノ？」

私に続いて玄関を出てきた加連が、泣き腫らした顔で私を見る。前髪の下には、私が巻いた包帯が覗いていた。幸い頭の傷は浅く、家にあった救急セットで手当てできたものの——心の傷にまで触れることはできない。

だからせめて、彼女の体と心が冷え切ってしまわないように、ずっと傍にいる。何が何でも絶対に……私は、そう決めたのだ。

私が何より恐れていた怪物を──本来なら私が立ち向かわなければならなかった義父を、加連は代わりに退治してくれた。私はそんな彼女に、少しでも報いたい。

「何でもない──行こう、加連」

加連の手を引いて、自転車のところまで行き、これまでのように籠へナップサックとトランクを入れる。加連の銃は、私のナップサックの中だ。

サドルにまたがると、加連は後ろから私の腰に手を回す。その力はいつもより少し強く、まるですがりつくように彼女は体を密着させた。

最初よりは落ち着いているが、まだ平常心には程遠いのだろう。できれば私も抱きしめてあげたいが、今は先に進まなければならない。

加連の願いを果たすために──そして何より、この場所から離れるために。

私にとって最も大事な場所は、義父のせいでどうしようもなく汚された。

胸の奥から湧き上がってくる悔しさを噛みしめながら、私はペダルを漕ぎだす。

自転車が走り出して、振動が体に伝わると──義父に殴られた左頬がズキリと痛んだ。

冷蔵庫に残っていた氷で冷やしたので、ひどく腫れることはないと思うが……痛みが走るたびに義父と、加連に背負わせてしまった重荷を思い出してしまうのが嫌だった。

余計なことを考えたくなくて、ペダルを漕ぐことに集中する。出発する前にルートの確認は済ませてあった。

住宅街を抜けて国道に出たら、あとはしばらく道なりだ。その先のインターチェンジから高架の自動車専用道路に入れば、低地に溜まっている霧は無視して進むことができる。私はペース配分を気にしながらも、なるべく速度を上げた。日が沈むまでには、目的地へ辿り着きたい。

国道を走り出してすぐに県境を越え、東京に入る。とはいえ、都心はまだ遠く——霧の濃さはあまり変わらない。

肌寒さは増しているような気はするが、数百メートル先まで見通すことはできた。

だがインターチェンジの坂道を登って、自動車道に入ったところで、私は根本的な疑問を抱く。

加連のことは、なるべくそっとしておくつもりだったが——これだけは確認しなければならない。

「ねえ——」

「何？」

呼びかけるとすぐに返事があった。その声が思ったよりもしっかりしていたので、私は安心する。

「高架でも通れないぐらいに霧が濃くなったらどうする？　というか——今の東京って、そういう感じじゃないのかな？」

視界率が二十％を下回ったという報道を最後に、東京のあらゆる報道機関が沈黙した。

それはつまり、東京にいた人間の大半が同時に気化してしまったということだろう。少し高いところへ上ったぐらいで避けられるような規模の霧だとは思えない。

「もちろんその可能性はあるけれど、たぶん風向き次第よ」

「風向き？」

私はスピードに乗った自転車のペダルを軽く回しつつ、彼女に訊き返す。

「――霧を発生させているのは、真菌が寄生した植物だと教えたわよね。なら、東京の都心部は霧が出にくい環境だと思わない？」

「あ……確かに。緑はあんまり多くないよね」

「ええ――皇居や公園は自然豊かだと聞くけれど、全体の面積を考えると緑地帯の比率は小さいわ。それなのになぜ、他の街より早く霧に沈んでしまったのか――」

加連はまるで教師のような口調で滔々と語った。

私が自転車を漕いで気を紛らわしていたように、加連も話していた方が楽なのかもしれない。

「――答えは、海よ。東京湾には霧が発生していて、日増しに濃さを増していたらしいわ。その霧が風で流されて、東京を包み込んだの」

「え……で、でも、海で出た霧なら普通の霧なんじゃないの？　草も木もないんだから……」

「真菌が霧を発生させるのに必要とするのは、光合成の機能を有した宿主よ。海の藻――植物性プランクトンは、その対象となり得るわ」

「プランクトンにまで寄生しちゃうんだ……」

「――実験では試していなかったけれど、海面が変色していたという書き込みもネット上に残っていたから……可能性は高いはずよ。というか――他に考えられないわ。避難船の話がデマだと断言した理由も、これで分かったでしょう。海に出ても霧からは逃げられないの」

加連は深々と嘆息して、私の背中にこつんと額を押し当てる。

「だから……風向き次第、なんだね」

「そう、海からの風が吹いているかどうかで、霧の濃さは大きく変わるはずよ」

「今日の風向きはどうかな?」

「――出発前、手に入る限りの気象データを見たけど、たぶん今日は海側からの強風が吹く可能性は低いと思うわ。ただ……東京に入った後で、風向きが変わったらアウトね。逃げる間もなく気化するだろうから、やめるなら今のうちよ」

固い声で忠告する加連だったが、私はその言葉にこれまでなかった脆さを感じ取った。

「弱気な発言だね。それで、私が怖気づいちゃったらどうするの?」

「別に……それでもいいわ。本当はもう、東京へ行く意味なんてない。ナオの前に立っても、今のあたしじゃ何も言えないし……何もできない――」

彼女の声が震えるのを聞いた私は、風に負けないよう大きな声で告げる。

「なら、私が加連の言いたいことを代わりに言うよ! 加連のしたいことを代わりにする」

「どうして……? あたしがノノを助けた恩返し? それなら、こんなことじゃなくてもいいのよ。昨日みたいに楽しく――最後の時まで一緒にいてくれたら、あたしは……」

「よくない」

私は加連に最後まで言わせず、自分の意志を口にした。

最後の時まで一緒にいたい。楽しく過ごしたい――。

それは私自身の望みでもあった。

余計なトラブルに巻き込まれないためには、東京なんかに向かわない方がいい。本当は加連をナオと会わせたくない。

でも、そんな風に自分の願望に従ったら、私は加連の目を見ることができなくなると思う。

私の不幸を撃ち抜いた加連に、ちゃんと報いなきゃいけない。そうしないと私は加連と釣り合わない。

「ここで諦めたら、加連はモヤモヤしたままじゃない。ずっとナオのことを、心のどこかで考えるじゃない。そんなのは嫌――私が嫌なの。だからさ、ナオに会って、何でこんなことをしたのか問い詰めて……そしてやりたいことをやって……二人ですっきりして終わろうよ」

私は明るい声で言い、自転車のスピードを上げる。終わろうというのも、本当は強がりだ。

今の私は終末が来るのを望んではいない。ただ、加連と一緒にいたいだけ。

でも残り時間が少ないからこそ、やれることをやって、すっきりしなきゃいけないと感じる。何もかもが終わる瞬間に後悔しないためには、それしかないと思うのだ。

霞んだ街並みが流れていく。

高架の道はずっと平坦なので、ペダルを漕ぐのはとても楽だ。

「すっきり、か……でも、私のしたいことをノノに代わってもらって……本当にすっきりできるのかしら」

けれど加連の声はまだ暗い。

「あのさ――加連がすごく苦しんでたから言えなかったんだけど。私は……すっきりしたの」

自己嫌悪と加連への申し訳なさを感じながら、私は告白した。

「え？」

「あいつが撃たれて、動かなくなった時――本当にすっきりした。可哀想だとか、ひどいとか、全く思わなかった。あはは……割と人でなしだよね、私」

自嘲気味に言った後、大きく息を吸い込んで叫ぶ。

「――ざまあみろっ!!」

何て自分勝手で最低な人間なのだろうと思いつつも、私の感情はその一言に尽きた。

加連に重荷を背負わせたことは、心から後悔し、罪の意識を覚えている。しかしそれを取り除くと、後に残るのは喜びだ。大嫌いな人間が最悪な結末を迎えたことを、私は嬉しく思っていた。こんな思考は正しさから掛け離れていると分かっているが、汚れた私の心は喜びを吐き出してしまっている。

あえて〝いい人〟から外れようとする必要なんてなかった。私はたぶん、元々〝わるい人〟だったのだろう。

「っ……」

背後から加連の驚いた気配が伝わってきた。

「これが、私の正直な気持ち。まあでも加連は私と違って優しいし、ナオのことも大切だったみたいだから、私と同じにはできないけど――でも、私はすっきりしたから」

強い口調で繰り返し、私は加連の返事を待つ。

「……そう」

しばらくして、嘆息にも似た相槌が聞こえた。

「うん、そうなの」

「早く言ってくれたらよかったのに……今初めて――撃ってよかったたって……ううん、撃った甲斐があったって思ったわ」

冗談めかした口調で加連は囁き、言葉を続ける。

「ノノ……あたしがしたくてもできないことがあったら……任せてもいい？」

「うん、もちろん」

私はきっぱりと即答し、遙かに続く道の先を睨んだ。

◇◆

太陽が天高く昇った頃、行く手に高いビルの群れが見えてきた。

白く霞む景色の中から浮かび上がる四角い灰色のシルエットは、巨大な墓標のようにも見える。

そして事実、あの街は既に死んでいた。私が自転車を走らせているのは都心へ続く首都高だというのに、動いている車は一台もない。

そう──これまでとは違い、停まっている車ならあるのだ。

空っぽの車の大渋滞が、どこまでも続いている。私はその横を通って先へ進むが──無人の車列は不気味で……まるで棺桶みたいだ。

「避難しようとした車が渋滞して──そのまま霧に呑まれたのね」

加速が小さな声でぼそりと呟く。

「でも、車の中にずっといたら何とかなるんじゃない？　もしかしたらまだ、生きている人がいるかも……」

私は車の横を通り過ぎながら、窓ガラスの向こうを覗き見た。

「車の気密は完璧とは言えないわ。時間が経てば車内にも霧は侵入してくるはずよ。仮に霧をやり過ごすことができた人がいたとしても、もうとっくに車を捨てて逃げているでしょうね」

「そっか──東京がこうなったのって、もう四日前になるんだもんね。街には誰も残ってないか……」

「さあ……残っていたとしても、そういう人たちは霧が危険なものだと完全に認識しているはずよ。屋内に隠れて、絶対に出てこない。出会わないなら――見えないのなら、存在しないのと同じだわ。あ……」

しまったというような感じで、加連は小さく声を漏らした。

「どうしたの？」

「……今の、ナオの口癖だったのよ。こういうの……何か、嫌ね」

憎んでいる相手の一部が、自分に染みついている嫌悪感――それは私にも理解できる。

部活中、後輩を叱った時――無意識に義父と同じ台詞を口にしたことがあった。母を叱責していた醜い言葉を自分が繰り返してしまったと気づき、私はひどい自己嫌悪に陥ったのだ。

でも――。

「――仕方ないよ。そういうのは、もう自分だからさ」

「かもしれないわね……」

苦笑と共に加連は呟いた後、しばしの間を置いてから真面目な声で続ける。

「ナオが、仮に沈没事故で亡くなった父親に執着しているのなら――この言葉も少し別の意味合いに聞こえるわ。ナオは父親の消失を――彼の存在が無《ゼロ》になったことを認めたくなかった……そういう分かりやすい理由なら嬉しいわね……」

全く期待していない口ぶりで加連は言う。

「――でもナオが東京にいるのなら、沈没事故と無関係には思えないけど……」

事故現場で大規模な実験を行いたかったのだとしても、世界中に真菌をばらまく必要はなかったはずだと、加連は前に言っていた。だけどナオが東京にいるという状況こそが、沈没事故との関わりを示しているように思う。

「そうね。まあ、直接訊けば——ナオが答えてくれれば、分かることよ。ただ、私を護送していた機関に身柄を拘束されていたら、その機会はないかもしれないけど」

加連の言葉を聞いて私は息を呑んだ。

「あ、そっか……ナオも追われてるんだよね」

「もちろんよ。沈没事故のことを突き止めたのも彼らだから、この先で出くわす可能性は高いわ。あたしが来ることも想定して、網を張っているかもしれない。だから気をつけて」

「き、気をつけてって……何をどうすればいいの？」

対策を考えろと言われても無理がある。

「人数は多くないだろうし、ノノの飛び膝蹴りで各個撃破してしまいましょう」

「ええっ⁉ む、無理だよ！ あれは奇跡！ 百回に一回ぐらいのまぐれなんだから！」

私が慌てて異議を唱えると、くすくすと笑い声が聞こえてきた。

「ふふ、冗談よ。危険だと思ったらすぐに逃げて。東京の道はどこも無人の車で詰まっているだろうし、自転車に利があるわ」

「もう……」

加連の言葉はどこまでが本気か分かり辛い。

私は溜息を吐きつつも、この先にナオ以外の敵がいる可能性も頭に入れておく。ナオが見つかるかどうかを心配していたが、そもそも加連が捕まっては話にならない。

今日中に片が付くだろうかと考えながら、空を仰ぐ。

雲は出ていないのに、青空は白く霞んでいた。霧が大気に満ちる時は近い。私たちに明日はないかもしれない。

だから少しでも早く目的地へ着くために速度を上げた。

墓標のごときビル群の向こう側には、スカイツリーの細長い影が見えている。常に視界に入ってくるその姿は、道を指し示す灯台のようだ。

都心に入ると、窓の割れたビルが多くあることに気づく。何か巨大なものが衝突したかのような――巨大なひび割れが一面に走っている建物もあった。

「たぶん、この前見た幽霊の集合体がここでも発生したんでしょうね。東京の人口密度は世界屈指だから、とてつもなく巨大な霧のカタマリになったんだと思うわ」

「う……」

あの時のことは、正直あまり思い出したくない。悪夢のようで未だ現実感がないのに、恐怖だけが心にこびり付いている。

「ねえ、結局さ――幽霊ってどういうものなの？　何で霧の中には幽霊が出てくるの？」

未知への怖れは、知ることで克服できるかもしれないと、私は加連に説明を求めた。

「うーん……どう言えばいいかしら。ノノ――人間の精神は、二つの要素で構成されていることは分かる?」

「分かんない」

「……もうちょっと考えてみてから諦めてほしいわね。まあ、答えを言うと——記憶と思考よ」

即答した私に呆れながらも、加連は続けてくれる。

「この二つが揃っていなければ、人間の精神は成り立たないわ。だけど肉体を失うと、それらは維持できなくなってしまう。その後も精神を保とうとするなら、他のハードウェアを用意しなきゃいけない」

「……そんなの無理じゃない?」

「ええ、今の技術ではね。ただ——記憶は電気的なデータとも言えるから、十分な容量の記録媒体があれば代替は可能かもしれない。思考も個々人が脳内で発達させた独自の電気回路と見れば、構築が不可能とは言いきれない」

「理論的には可能ってやつ?」

「そう……まあ、大抵はその理論が間違っているんだけれどね。でもこの霧は——たぶんその理論を中途半端に実践しているのよ」

加連は重い声で言い、溜息を吐いた。

「たぶん?」

「まだ、よく分かっていないことが多過ぎるってこと。霧が満ちている場所には、特殊な磁場と人間の思考活動によく似た電気パルスが観測されているわ。つまりこの霧は、人間の精神を再現する触媒として機能しているようなの」

「……ふ、ふーん」

専門的な単語が多くて、いまいち話が頭に入ってこない。だが、あまり分からないと連呼するのも恥ずかしいので、見栄を張って分かったような相槌を打つ。

けれどそんな私の強がりはすぐ見抜かれてしまったらしく、加連は溜息を吐いて言い直した。

「簡単に言うと、霧の中には人間の魂みたいなものが残っているかもしれないってことよ」

「あ、そういう意味だったんだ」

思わず納得の声をあげると、加連は呆れ混じりの声で言う。

「ノノ、分からない時はちゃんと分からないって言うこと」

「……はーい」

私がちらりと後ろを向いて苦笑すると、加連も小さく笑った。

「とにかくこれが、今できる幽霊に関する説明よ。一番肝心な、霧を形作っている粒子の分析は全然進まなかったわ。判明したのは、水分子を取り込んですごく複雑な結晶体を構築していることぐらいね。ホント……謎ばかり」

匙を投げるように加連は言うが、私は彼女の声がちょっと弾んでいることに気づく。

「でも加連、何だか楽しそう」

「――まあ、あたしも研究者の端くれだもの。未知のものには、どうしてもワクワクしちゃうのよ。でもこんな説明じゃ、ノノは不満よね？」

「ううん――十分だよ。何となく、幽霊がオカルト的なものじゃないってことは分かったし」

色々な話をしてくれたことで、正体不明な幽霊への恐怖はだいぶ減っていた。だが加連はくすりと笑う。

「さあ、どうかしら。霧はあくまで幽霊を観測しやすくしているだけで、幽霊や魂は物質に依存しない高次の概念――つまりオカルトかもしれないわ。というか、そう見なした方が理屈に合うことは多いのよ」

「ええ――……もう、頭の中がこんがらがっちゃう」

私はこれ以上の理解は無理だと降参した。

「ややこしいなら忘れて。ただ、ナオは幽霊が単なる記録や情報ではなくて、肉体が朽ちても残る何かだと信じていたわ。魂は物に宿る――だから私の両親もあの船にまだ乗っているんだって励ましてくれた。まあその時の言葉も今じゃ本当か分からないけど……」

それはあまり科学者的な発想には思えない。

けれど彼女がもし父親の幽霊に固執していたとすれば、そう考えるのも理解できる。霧の中だけに精神が記録されるのなら、七年前に霧のない場所で死んだ父親はもう手遅れだということになってしまうからだ。

そしてそれは同じ事故で両親を亡くした加連にも当てはまるだろう。

「――加連も、そうなの？」

「あたしは……どちらかしらね。昔はそう期待していたけれど、今は分からないわ」

苦笑の気配と共に加連は答える。

私はそれ以上訊かず、辺りの景色を見回した。

ガラスが砕けたビルは不気味だが、その原因となった霧の怪物はいないようだ。正体が何であれ、いないのなら問題はない。

ナオ・エアリーの言葉なのが気に入らないけれど、見えないものは存在しないのだと、自分に言い聞かせた。

車列の横を通り抜け、加連の指示に従って自転車を走らせる。

東京の景色には、たとえそこで暮らしていなくとも既視感を覚えるものが多い。

それはテレビでよくその街並みを見るからだろう。

他と見分けがつかない無個性なビルも、連なって一つの景色となれば記憶の底を刺激してくる。

だから初めて来た場所なのに、さほど新鮮さは感じない。代わりにあるのは、大きな違和感だ。

人が絶えた東京は、どこか作り物めいており、嘘くさい。

遠くには東京タワーが見えるのだが、それが単なる記号に思えるぐらい、首都の情景は空虚さに満ちていた。

加速の温もりがなければ、この寒々しい景色に心が押し潰されていたかもしれない。

排気ガスの匂いや車のエンジン音が絶えた高速道路は、街が死んだ証に思える。

乗り捨てられた車で詰まった都市の大動脈は、もう動くことはないだろう。

まるで死骸の中を進んでいるような気分になり、早く高速道路から抜け出したくて、懸命にペダルを漕ぐ。

ナオのところに辿り着いてしまうのは怖いけれど、もっと加速と一緒に走っていたいけれど……ぼやぼやしていると死んだ街に取り込まれてしまいそうで、焦ってしまう。

やがて――風の匂いが変わった。

……海が近い。

潮の香りというほどはっきりとしたものではないが、何となく分かる。道路の防音壁は高くて見通しが悪く、視認はできない。見えるのは相変わらず高層ビルばかりだ。けれど目的地はもうすぐだろう。

途中、高速道路の退避スペースで最後の休憩を取り、お菓子でお腹を膨らませ――私はラストスパートをかけた。

太陽は中天を過ぎ、西の空へ傾き始めている。日没まで余裕はあるが、ゆっくりはしていられない。目的地に着いてからが本番なのだ。

一般道への坂を勢いよく下ると、片側二車線の大通りに出る。正面には木々が生い茂った広い公園のような場所があり、そのせいか霧が周辺より濃い。

高低差は二十メートル程度だろうが、一気に空気が冷え込んで体が震えた。

「ノ――右折よ」

後ろで携帯端末を確認しながら、加連が指示を出す。

「了解」

私は言われた通りに右へ曲がり、空いている歩道を走った。右手に高速道路の高架を見ながら道なりに進むと、ついに海が視界に映る。だが――。

「何、あれ……」

ペダルを漕ぐのをしばし忘れ、息を呑む。

――これが、海……？

海面が黄緑色に染まっている。春先の新芽を思わせる鮮やかな緑だが――それが海面を覆っているとなると異様な毒々しさを感じてしまう。

海上は濃い霧が漂っており、海の向こうは白く霞んで何も見えない。

「あれは真菌の色――たぶん海面を覆った藻の上に増殖しているのよ。だけど……このタイミングで藻が異常発生するなんて、あまりに出来過ぎてる。きっとナオが何かしたんだわ」

加連が苦々しい口調で言う。

「どうしてそんなことを……」

「船の沈没現場を霧で包むためかもしれない。ナオが父親の幽霊を観測しようとしているなら……だけど」

あまり自信がなさそうに加連は推測を口にした。

声も固い。ナオがいるかもしれない場所が間近に迫ったことで、かなり緊張しているのだろう。

私もハンドルを握る手に汗が滲んでいる。微かな昂りと不安、ナオへの敵意が胸の奥にじわじわと広がっていく。

私は、加連の心に居座っているナオに嫉妬している。加連を裏切り、傷つけた彼女に怒りを覚えている。

ナオと向き合った時に揺らいでしまわぬよう、私は自分の感情をしっかりと見つめ直した。

まずやるべきことは、加連の代わりにナオを問い詰めること。そしてナオが加連にとっての不幸――私にとっての義父と同じモノだった時は、あのピストルで……。

「……じゃあ、どこかでボートとか見つけないといけないかもね。ナオは海上にいるかもしれないし」

手が震えるが、私はそれを無理やり抑え込み、加連に応じた。

「ええ――けど、まずは慰霊碑よ。さっきも言ったけれど、待ち伏せがあるかもしれないから気をつけて」

「……うん」

頷いて周囲を見回す。

薄い霧のせいで誰かが隠れていても分かりそうにない。大きな音をたてないよう、段差に気をつけつつペダルを漕いだ。

目的の埠頭はこの辺りらしく、海沿いに立ち並ぶ大きな倉庫と積まれたコンテナが視界に入る。倉庫の隙間からは停泊している貨物船が見えるが、人の姿は皆無で、積み下ろし用のクレーンも停止していた。

避難船のことを思い出す。噂を信じて東京にやってきた人はどうしたのだろう。

私はサービスエリアで噂を知ったが、そこに避難活動を行っている具体的な場所の情報は含まれていなかった。

どの港か分からないなら、東京へ来た人はこうして沿岸を走るしかない。しかし海には藻から発生した濃い霧が滞留している。海岸沿いは東京で最も危険な場所だ。

加連の言う通り噂がデマだとすれば、避難船など見つかるわけもなく——風向きが変わった瞬間に霧が押し寄せてくる。そうすれば気化は避けられない。

飛んで火に入る夏の虫という言葉が脳裏をよぎった。

これはまるで、生き残っている人間を死地へ誘い込む罠のようだ。

「ノノ、左」

倉庫の列が途切れた辺りで、加連が指示を出す。

「ん」

頷いてハンドルを切ると、目的の埠頭公園が見えてくる。頭上には大きな白い橋——あれがたぶんレインボーブリッジだろう。

公園の大半は高いフェンスに囲まれたグラウンドで占められ、柵の設置された岸壁は細い散歩コースのようになっている。

ここまで待ち伏せの気配はなかった。ただ公園内には木々が植えられていて、物陰は多い。ブレーキの音が響かないよう、自然な減速に任せて自転車を停めた私は、後ろに乗っている加連を見た。

「……ここからどうする？　慰霊碑はどこにあるのかな？　加連は来たことあるの？」

「いいえ、初めてよ。まあ――海沿いを歩けば見つかると思うわ。ここからは自転車を押して、慎重に進みましょう」

加連は自転車の荷台から降りて、白衣の内側を探るが――ハッと何かを思い出した顔で苦笑した。

「――あれはノノに預けたんだったわね」

「あ、うん、今出すよ」

サドルから降りた私は、急いでナップサックから取り出して加連に見せる。改めて持ってみると結構重い。加連はそれを目にして表情を強張らせたが、気持ちを落ち着けるように深呼吸を二度繰り返した。

「――あたしはそれ、やっぱり無理みたい。お願い」

「最初からそのつもりだって。任せといて」

銃の存在感に内心どぎまぎしつつも、明るく笑って右手で構えてみせる。だがそのポーズを見て、加連は首を横に振った。

「ノノ、片手じゃダメよ。あと安全装置も外さないと。あたしが自転車を押すから、ノノは両手で持って周囲を警戒して」

「りょ、了解……もし待ち伏せした人たちが出てきたら、どうしようか？」

加連に自転車のハンドルを預けた私は、改めて周囲を見回しながら問いかける。

「そうね……とにかく威嚇で一発撃って。あとは怯んだ相手を牽制しつつ、自転車に乗って逃げるのよ」

少し考えてから加連は答える。

「まあ……それしかないよね」

私は嘆息し、覚悟を決めた。ここまで来て、引き返すわけにはいかない。足を止めている猶予もない。

現実的に可能かどうかは関係なく、私たちは行動するしかないのだ。

「――よし、行こう加連」

「ええ」

両手でグリップを握り、慎重に歩き始める。加連は私の左側に付き、自転車を押しながら周囲を警戒した。左目が見えない私の視野を少しでも補ってくれるつもりなのだろう。

「ねえ、今更なんだけど……ナオってどんな人？　よく考えたら、私じゃ加連を追いかけてる人たちと区別がつかないかも」

「……そういえば言ってなかったわね。腰のあたりまである長い金髪で、瞳は青色よ。年は五十一。背はノノと同じぐらいかしら。私を護送していた人たちの中にも女性はいたけれど、アジア系の黒髪だったし……金髪の女性がいたらナオだと判断していいわ」

うっかりしていたという顔で加連はナオ・エアリーの特徴を述べた。

——五十一？

何となくもっと若いイメージを抱いていたので、ちょっと驚く。同じ事故で親を亡くしているのなら、それほど年代は離れていないだろうと思っていたのだ。

だがよく考えると自分の研究室を持ち、主導的な立場になるためには、それなりのキャリアが必要に違いない。加連にとってのナオは友人というよりも、私にとっての祖母に近い存在だったのだろう。

「……了解」

頭の中のイメージを修正し、私は頷いた。

誰かが隠れていてもおかしくない木の幹に注意を払いつつ、海に面した小道を進んでいく。海風と共に漂ってくる霧は視界を制限し、足元から這い上がるような寒さが体の動きを固くした。

最善は、慰霊碑の場所にナオ・エアリーがいること。そうすればすぐに加連が知りたいことを——こんなことをした理由を問い詰めることができる。

最悪は、ナオ・エアリーの手がかりを何も摑めず、待ち伏せしていた加連の追っ手に拘束されてしまうこと。きっと私は加連と引き離され、孤独な終わりを迎える。

——どう考えても、最悪の方が確率高いよね。

緊張で心臓の鼓動が速まっているのを自覚しながら、私は視覚だけでなく聴覚にも意識を集中する。

手汗で濡れたグリップが気持ち悪い。霧のせいで湿度が高く、全身の冷や汗も乾かない。

脳は次々と嫌な想像ばかりを膨らませ、私の不安を煽る。

だが——恐る恐る進んだ先に待っていたのは、最善でも最悪でもなかった。

埠頭の角はちょっとした広場のようになっていて、一段高くなった場所に黒い石碑が建てられている。

あれが慰霊碑——そして周囲には、誰の姿もない。

「はぁー……」

横で加連が長い溜息を吐いた。どうやら私以上に緊張していたようだ。

「誰もいないし……出てこないね」

私は周囲を見回して言う。挟み撃ちにするなら、この場所が最も適当だろう。柵を乗り越えて海に飛び込むしか、逃げ道はない。

「これはこれで困った事態だわ……」

加連は自転車のスタンドを立てると、慰霊碑の方に歩いて行く。

私もピストルを両手で握りしめながら後に続いた。人の姿はないけれど、まだ警戒を解く気にはなれない。

「花ぐらい、供えていると思ったんだけど……」

慰霊碑の周りを眺めながら、加連は落胆を込めて呟く。そこには落ち葉が散乱しているだけだった。そしてよく見れば、落ち葉にも黄緑色の斑点が浮き出ている。真菌の色——今の海と同じ色だ。

「ここには誰も来ていないってこと？」

「いえ——ナオの行動は読み切れないけれど、私を捜している人たちが東京に先回りしているのなら必ずこの場所をマークするはずよ」

「じゃあ、東京に辿り着けなかったってことじゃない？　もしくは先に来てたけど、気化しちゃったとか」

私がそう言うと、加連は頷く。

「ええ、十分あり得るわね。こんな海の傍なら、霧が押し寄せてきた時にはもう逃げられないだろうし……ただ、別の可能性もあるわ」

「何？」

「今、彼らはナオを追っているのかもしれない。何か有力な手がかりを発見したか……ナオ本人を見つけたかは分からないけれどね。とにかくあたしたちも、まずはこの公園を調べてみましょう」

加連は慰霊碑の前に屈み込む。

磨き上げられた黒っぽい石の表面には、沈没事故の犠牲者とおぼしき人々の名前が彫られていた。

細く白い指先で、加連は刻まれた名前をなぞっていく。私は周囲の警戒を続けた方がいいだろうと、加連の様子を窺いつつ辺りに視線を巡らせた。

「──あ」

しばらくすると、加連が小さな呟きを漏らす。

「手がかりがあった？」

「いいえ、そうじゃなくて……両親の名前を見つけたから」

それを聞いて、私は加連が指を止めた場所を覗き込んだ。そこには苗字が同じ二人の名前が刻まれている。

「──加連の苗字、吉野《よしの》っていうんだ」

「あれ、言ってなかった？」

「うん、初めて聞いた。吉野加連……いい名前だね」

口に出してみると、妙にしっくりくる。何となく、加連らしい。

「……ありがとう」

加連は照れた様子で礼を言い、慰霊碑に視線を戻す。

「あ──ナオの父親の名前もあったわ」

「――日本人なんだ」

完全に外国の人をイメージしていたので、意外に感じた。

「ナオの両親は離婚していて、エアリーはアメリカ人である母親の姓らしいわ。子供の頃は日本で暮らしていたけれど、離婚後に母親とアメリカへ移り住んだそうよ」

「へえ、じゃあ父親とは別れて暮らしてたんだね。離れ離れになって……そのまま船の事故で死んじゃったんだ……それなら、やっぱりナオは父親に会いたいのかな……」

そう考えても不思議ではないと思う。

でも同時に、五十一歳の大人がそこまで親に執着するものなのだろうかという違和感もある。

「さあ……どうかしらね。あたしにナオの心は分からないわ。分かっていたら……こんなことにはならないもの」

加連は苦笑を漏らして、再び石碑の名前をなぞり始めた。

だが最後までいっても特に何も見つからなかったらしく、立ち上がって石碑の裏を覗き込む。

「――何もないわね」

肩を竦めた彼女は慰霊碑から離れて、周辺の捜索に移った。

「沈没事故は、この近くなの？」

私は加連の傍に付いて移動しながら、気になっていたことを問いかける。確か以前、加連は慰霊碑が事故現場を望む場所に作られたと言っていた。

「ええ、すぐそこよ。東京湾を周遊する予定だった大型船が、レインボーブリッジのほぼ真下辺りで沈没したの。原因は不明だけど火事も起きてたみたいで、煙でレインボーブリッジが通行止めになったらしいわ」

海沿いの柵を見て回っていた加連は、頭上にあるその橋桁を見上げて答える。

橋は湾の対岸に続いているはずだが、海上の霧に包まれて途中で見えなくなっていた。事故現場もたぶん、霧の中にあるのだろう。

「加連のお父さんとお母さんや、ナオの父親は、どうしてその船に……?」

「船上パーティーがあったのよ。東京で研究者が集まる何か大きなシンポジウムが開かれていたらしくて、その出席者を招くパーティーだったみたい。あ、私の両親やナオの父親も研究者だったの」

加連は大事なことを言い忘れていたというように、情報を補足した。

「そうだったんだ……」

「ナオも当時既に実績を積んだ研究者で……そのシンポジウムには出席予定だったらしいわ。彼女はそこで父親と再会できることを楽しみにしていたみたいだけど、体調を崩して欠席した……。そのことを、私の前で何度も悔やんでいたのよ。あれが演技だったとは思いたくないわね」

加連の表情は、どこか悲しげだった。思いたくないと、彼女は口にした。

きっと加連はまだ、ナオのことを心のどこかで信じているのだろう。

私の中にあった不安が大きくなる。ナオに会うのは、加連の願いだ。でもそれは加連にとってナオとの決別になるだろうか。

加連が抱いている怒りや憎悪は本物だろうけれど、当人に会って話をしたら、加連は許してしまうかもしれない。

それどころか和解し、懐柔され、ナオの元に行ってしまったら――。

ぞくりと体の奥底から寒気が走る。

そんなのは嫌だ。今更一人に戻るのは……ううん、他の誰かがいたところでもう代わりにはならない。もう加連は〝いなくなって寂しいだけ〟の人間ではない。

傍にいてくれないと、今の私は――。

「っ……」

想像が悪い方向に膨らんでいることを自覚し、私は頭を振った。今は周囲の警戒に努めよう。私がぼーっとしているせいで手遅れになっては、話にならない。

公園内を調べていく加連に付き従いながら、私は何度も辺りを見回す。

しかし海沿いの小道を調べ終わり、フェンスに囲まれたグラウンドも見て回っても――ナオの手がかりは見つからない。

その間に太陽は西へと大きく傾き、辺りは淡い赤色に染まり始めた。

「何もなかったね……」

再び慰霊碑の前まで戻ってきた私は、疲れた溜息を吐く。

「――いいえ、そうでもないわ」

「え？」

何か収穫があったようには思えなかった私は、驚いて加連の方を見た。

「物陰に、比較的新しいタバコの吸い殻が落ちていたのよ」

いつの間に拾っていたのか、加連は白衣のポケットから踏み潰された吸い殻を取り出して見せる。

「それが、ナオのかもしれないってこと？」

「いいえ、彼女はタバコを吸わないわ。たぶんこれは、この公園に張っていた人たちのもの。やっぱり彼らはここに来ていたのよ」

身振りで辺りを指し示した加連は、吸い殻を地面に投げ捨てた。

「でも――ここから移動せざるを得ない、何かが起こった……」

「何か？」

「分からないわ。だけど彼らと同じ行動――つまりここで張り込んでいれば、同じ状況に遭遇できるかもしれない」

「ここで……待つの？」

私は不安な表情を隠さず、海上にわだかまる白い霧を見た。あの霧が風に流されて押し寄せたら、その時点で私たちは終わりだ。

「――怖い？」

けれど試すように問い返され、私は覚悟を決める。

「ううん――大丈夫」

目を合わせ、深く頷いた。

たとえ何も起こらず、ここで終わることになったとしても――それはそれで悪くはない幕切れだ。加連の望みは果たされず、すっきりはできないかもしれないが、彼女を失うリスクもない。

「じゃあ、待ちましょうか」

加連は満足そうに微笑むと、慰霊碑が設置されている土台の段差に腰かけ、海の方を見つめる。

私は周囲の様子がよく見えるように、立ったまま加連に寄り添う。ずっと握りしめていた銃は、肌と同じ温度になったせいか少しだけ手のひらに馴染んでいた。

加連と同じ方を向けば、黄緑色の不気味な海と、レインボーブリッジまでも覆い隠す海上の濃霧に視界を占領される。あまり、面白くない景色だ。

私は他の色を求めて真上に視線を移す。比較的霧の薄い天頂近くには、まだ空の蒼が垣間見えた。けれどその色も次第に夕焼けの赤へと移り変わり――やがて夜の気配を帯びた紺に至る。

公園の外灯には自動で明かりが灯り、闇に沈んでいく景色を部分的に浮かび上がらせた。

しかしその光が届いていないはずの海が、ぼうっと明るくなる。

「これって……」

私は様相を変え始めた海の様子に息を呑んだ。

海が照らされているわけではない。海自体が淡く黄緑色に輝いていた。

「この真菌には蓄光性があるのよ。たぶん宿主に夜間でも光合成を行わせるためね。霧の生成には、光合成のプロセスを利用しているから……」

加連は淡く輝き始めた海を眺めつつ、驚く私に説明する。

黄緑色の光に照らし出された霧は、幾重もの薄いヴェールのようで——かなり幻想的だ。

地上のオーロラと表現しても過言ではない。

「綺麗……」

ぽつりと私が言葉を漏らすと、加連は安心したように笑う。

「——そうね。あたしもそう思うわ」

海の景色に魅入られた私と加連は、海沿いの柵に近づいて、人類に滅びを招く風景をじっと見つめた。

何も起こらないけれど、決して退屈ではない。加連が横にいてくれるだけで、私は満たされている。

ここまで来て、こんなに静かで心地いい時間が訪れるとは思っていなかった。

だがそこで私は目の端に、もう一つの光を捉える。

「あ……」

公園と船着き場はフェンスで遮られているが、柵から身を乗り出せば停泊している貨物船を見ることができた。

人気《ひとけ》がなかったので無人だろうと勝手に判断していたが――貨物船の艦橋からは光が漏れている。倉庫やコンテナが立ち並ぶ港は真っ暗なままなので、船の明かりはより際立っていた。

「ノノ？」

加連が私の様子に気づいて、こちらを見る。

「加連、あれ」

私が貨物船を指差すと、加連はハッとした表情を浮かべた。

「……人がいるのかしら」

「外灯とかと違って、勝手に明かりは点かないよね」

「電気が点いた状態で、乗員全員が気化したのかもしれないわ。でも……」

加連は船が無人である可能性を口にしながらも、何か言いたげに私を見る。

「行ってみようか？」

この公園からは直接通じていないが、海沿いの道に戻って大きく回り込めば船の傍まで行けそうだ。

「そうね……行ってみましょう」

加連はほんの少しだけ考えるような様子を見せてから、ぐっと口元をひきしめる。

私たちは停めてあった自転車に乗り、外灯が照らす道を走り出した。

公園を出て、貨物船が停泊している場所へ向かう。

海沿いには広い駐車場とコンテナスペースがあり、倉庫のような大きい建物が立ち並んでいた。ここは本来、貿易用の港なのだろう。

駐車場の入り口から敷地内に入り、そのままコンテナスペースの間を抜ける。敷地内は照明が点灯していないが、黄緑色に輝く海が最低限の明かりを提供してくれた。

倉庫の間を抜けて岸壁に出た途端、貨物船の威容が目に飛び込んでくる。

「でか……」

間近で見ると迫力が違う。荷物を大量に運ぶために船体が巨大になるのは必然なのだろうが、地上の乗り物とはスケールが桁外れだ。高速道路から眺めた高層ビルをそのまま横倒しにしたような質量に圧倒される。

甲板からは積み下ろし用のクレーンがいくつも突き出ており、それがまるで蛇が鎌首をもたげているように見えて、かなり不気味だ。

私はのしかかってくるような存在感に気後れしつつも、船の方に自転車を走らせた。

「――タラップが下りているわね」

後ろに乗る加連が、私の耳元で呟く。

確かに貨物船の下部から出た階段が、船と岸壁を繋いでいた。だがその周辺には誰の姿もない。

私はタラップの前で自転車を停め、加連の方を振り返る。

「これ……どう思う？」

「難しいわね。中に誰かいるなら、扉は閉めておくような気がするし……」

加連はそう言って自転車の荷台から降り、タラップの向こう——ぼうっと明かりが漏れる船内を観察した。

確かに、乗員がいるなら得体の知れない部外者の立ち入りは防ごうとするだろう。何より霧の危険性が分かっていれば、少しでも気密性を高めようとするはずだ。

「じゃあ、やっぱり無人なのかな」

自転車を手で押して加連に近づき、鉄製のタラップを眺める。

だとしたら先ほど加連が言ったように、この貨物船は電気が点いた状態で無人化したということだ。

「いえ……そうとも言い切れないわ。少なくともあの公園で張っていた人たちは、この船の明かりに気づいたはずよ。そしてあたしたちと同じように、様子を見に来た」

「えっ……中にはその人たちがいるってこと？　なら、入るのは危ないよね……？」

ぎくりと動きを止め、船内に目を凝らす。

「ええ——でも、彼らはそのまま公園の張り込みを完全に放棄したわ。だとすれば、ここで何かがあったと考えるべきよ。そして何かあったとすれば——それはナオに関連している可能性が高い」

加連は固い声で答え、視界に収めることすら難しい巨大な船体を見上げた。

「扉を開けっぱなしにしているのは、後から来るあたしを招き入れて、拘束するためかもしれない。ノコノコ中に入るのは、馬鹿だと思うわ。でも――」

小さな手で自分の白衣をぎゅっと握りしめ、加連はすがるように私の表情を窺う。

「……うん、いいよ。分かってる。ナオがいるかもしれないなら、引き返せないよね」

私は苦笑して頷いた。

本当は加連とナオを会わせることに不安を感じているけれど、一番優先するべきは加連の望みを叶えることだ。

加連は私を助けるために引き金を引いた。だから私は加連のためにナオと向き合おう。

彼女が心変わりしない限り、私のやることは変わらない。

「ありがとう……ノノ」

礼を言った加連はタラップの間際まで歩を進めた。

「あ、加連――これ！」

自転車の籠に入ったままのトランクを指差す。

「……なるべく身軽でいた方がいいだろうし、ここに置いていくわ。どちらにせよ、海じゃ意味のないものだから」

振り返った加連は、肩を竦めた。加連にとってこのトランクは、どうしても手放せないものではないらしい。思えば道中も躊躇なく私に預けていたし、扱いもかなり雑だった。

「──中、何が入ってるの？」

これまでたいして興味もなかったが、意味ありげなことを言われると気になってしまう。

「あたしたちにとっても、無意味なものよ」

加連はそれだけを告げると、船の方へ向き直る。

私はナップサックにしまっていた銃を取り出し、あとの荷物は全部自転車の籠に残して加連の隣に並んだ。

スーパーで調達した食糧はもうほとんど食べ切ってしまったので、置いていっても問題はない。これからやるべきことは、この金属の塊だけあれば事足りる。

「いっせーので行こうか」

そう提案した私に、加連は苦笑を向けた。

「まるで肝試しね。まあ──別にいいけれど」

そして私たちはかけ声を合わせてタラップに一歩を踏み出し、船への短い架け橋を渡っていく。階段の隙間からは光り輝く黄緑色の水面が見えた。

先ほどの公園とは別種の緊張を感じつつ、私はピストルを両手で握りながら船内へ足を踏み入れる。

その瞬間──空気が変わるのを感じた。曲がりなりにも屋内へ入ったというのに、気温がぐっと下がった気がする。

貨物船だけあって無駄な内装は皆無で、剝き出しの配管が壁を伝っていた。天井には割と広い間隔で蛍光灯が設置されている。どこかからヴヴ――という低い音が響いているが、もしかして冷房でも効かしているのだろうか。

「……寒いわ」

加連は白衣の前を合わせて、体を縮めた。

「これじゃあ……誰かが待ち伏せしてても、その間に凍えちゃうね」

私も身を震わせながら、通路の先を窺う。

今のところ誰かが出てくる様子はない。私は加連の前に立って、慎重に歩き始めた。しばらく進むと、階段と十字路のある場所に出る。壁には簡素な船内図と案内板が設置されていたが、文字は英語だ。

私は早々に読むのを諦め、アメリカで暮らしていた加連に任せる。

「この下は機関室と貨物庫に繫がっているらしいわ。とりあえず上に向かった方がよさそうね」

「そうだね。明かりが見えたのは船の上の方だし……」

加連の言葉に同意し、私は先に階段を上り始めた。寒さのせいでグリップを握る手がかじかんでいる。

いざという時――私は本当にこのピストルを撃てるのだろうか。

そんな不安を抱えながらも、後方の警戒は加連に任せて、前方に注意を向ける。

辺りに響くのは、相変わらず空調のものらしき重低音だけ。足音や物音は聞こえてこない。階段を上って上のフロアに行くほど、寒さはさらに強くなった。天井の配管には、うっすらと霜が降りている。

「このフロアからは甲板に出られるみたい。艦橋へ行く前に、甲板から少し様子を見てみたいわ」

「分かった」

案内図を見た加連の提案に私は首肯し、足をそちらに向けた。

加連は案内図を一目見ただけで道を把握したらしく、細く迷路のような船内通路を行く私に指示を出す。

頭がいい人間と、並以下の人間には、細かな部分で差がつくものだと、私はつくづく実感した。

「ノノ——次の角を右。まっすぐ進んだら階段があって、そこから甲板に出られるわ」

加連の言う通りに通路を進むと、急な角度の階段に突き当たる。その先には鉄製の扉が見えた。

先ほどよりもさらに気温は下がり、緊張と合わさって体の動きが固くなる。気を抜くと、階段のステップを踏み外してしまいそうだ。

私は上り辛い急な階段を慎重に上っていくが、途中で後ろから加連の声が届く。

「下着が丸見えよ、ノノ」

「っ……こ、こんな時に変なこと言わないで」

顔が熱くなるのを自覚しつつ、私は文句を言った。指摘されてもピストルを持っているのでスカートを押さえる余裕はない。

「ごめんなさい、緊張をほぐそうと思って」

加連は謝りながらも、悪びれずに微笑む。

その笑顔を見た途端、確かにちょっと体の強張りが和らいだ気がした。

「もう……」

私は頬を膨らませて加連を睨んでから、前に向き直る。

怒ったふりをしたが、心の中は温かい。

これが、この瞬間が、私の求めていたものだと強く感じた。

こうした時間が最後の瞬間まで続いてほしくて、私は頑張っているのだろう。

加連をナオに取られてしまうかもしれないという恐怖は、自然と薄らいでいく。私と加連の間にも確かな繋がりがあることを思い出せたから、きっともう大丈夫。

少しだけ普段の――加連と二人でいる時の空気が戻り、私は緊張を解いて階段を上り切った。

階段の突き当たりにある鉄扉は、ハンドルで回すタイプの頑丈なもので、触れると手のひらに冷たさが染み入ってくる。

ハンドルは固いが、力を込めるとゆっくり回った。だがガチャリと開錠の音が響いた瞬間、ギシリと扉が軋む。

嫌な予感が背筋を駆け抜けたが、もう何もかもが遅かった。

「え──」

これが屋外への扉だということを、私はもっと意識するべきだったのだ。

扉が向こうから勢いよくバンッと開き、白い霧が押し寄せてくる。

視界は真っ白に染まって何も見えなくなり、吹き込む霧の風音で聴覚も遮られた。

寒いという言葉では生易しい。私を包んだ霧は凍てつくように冷たく、痛ささえ感じる。

加連──。あまりの冷気に声を出すこともできない。

ひょっとして、私たちはここで気化してしまうのだろうか。いや、その前に凍死かもしれない。

そんなことを本気で考えた時、押し寄せる霧の圧力が弱まった。

風がやみ、視界が少しずつ晴れてくる。

扉の向こうの甲板は、まるで雪原だ。膝下のあたりまで白い霧が堆積しており、そこからクレーンや積み下ろし途中だったと思われるコンテナが覗いている。

積まれたコンテナの中に一つだけ開かれたものがあり、その周辺だけ妙に霧が濃い。コンテナの中からは、淡い黄緑色の光が垣間見えた。

視線を上げると、船の周囲の霧はさほど濃くなっているようには思えない。

私たちが船に入っている間に霧が海から押し寄せてきたわけではないらしい。なら先ほどの霧はどこから……。

「ねえ、加連——」

いったい何がどうなっているのかと、加連の意見を求めて振り返る。

「…………え？」

だが、そこに白衣を着た少女の姿はなかった。

私の後ろには誰もおらず、階段の下は流れ込んだ霧に満たされている。

つい先ほどまで私の傍にいて、下着が見えているとからかってきた少女は、唐突に消えてしまっていた。

まさか、まさか、まさか——。

体が震える。頭の中で嫌な想像が膨れ上がる。

同じだった。母が気化した時と。

霧で何も見えなくなり、視界が晴れた時には人間が消えている。それはもう世界でありふれた出来事——気化現象。

ここは安全だと、そんなことを思ってはいなかった。

でも何で、何で……一緒じゃないの？　私だけが置き去りなの？

「加連っ！　加連っ!!」

声の限り叫んでも、返事はない。膝下までを満たす白い霧の冷たさが、体へ徐々に染み入ってくるだけ。

頬が熱い。

いつの間にか私は泣いていた。

こんなのあんまりだ――どうして私も一緒に消してくれなかったの！

私は加連の名を呼びながら、涙をこぼし続ける。

やがて喉に鼻水が詰まり、まともに名前も呼べなくなり、私の声はただの慟哭へと変わった。

泣きながら足元の霧に手を突っ込んで加連を探すが、服の切れ端一つ見つからない。

何が起こったのかはもう分かっているはずなのに諦められないのは、どうしようもなく悲しいからだ。

一人になったことが寂しいのではない。置いて行かれたことが、残されたことが、耐えられないほどに悲しい。

こんな痛みを、悲しさを、私は知らない。生まれてから一度も経験したことはない。

左目の視力を失った時なんかより、ずっと辛い。

私はいったい……何を失くしてしまったの？

「――――」

だがその時、私の嗚咽に混じって、何か声らしき音が耳に届く。

扉の外――甲板の方からだ。

私はよろよろと身を起こし、一縷《いちる》の望みを抱いて外に出た。

ぐるりと霧に覆われた甲板を見渡すが、誰の姿もない。幻聴だったのかと深く落胆するが、声は再び私の鼓膜を震わせる。

「誰かいるのか？」

――上。

私はハッとして頭上に視線を向けた。

明かりが灯った艦橋の外周には、移動用の通路が設置されており、そこに人影がある。

船内の明かりで逆光になって見え辛いが、目を細めるとそれが髪の長い女性であることが分かった。

そして光の中で風になびく彼女の髪は――金色。

まさか、という思いが湧き上がる。ピストルを握る手に力がこもる。

そのまま私が立ち尽くしていると、女性は私を見つけたらしく、柵から身を乗り出して手を振った。

「どうした――泣いていたのか？」

年を重ねた女性の落ち着いた声が耳に届く。

我に返った私はピストルを背中に隠した。辺りは暗く、距離もあるので、たぶん気づかれなかったはずだ。

彼女は、私の泣き声を耳にして様子を見に来たのだろう。

私はまだ状況に混乱しながらも、制服の袖で涙を拭って女性に答える。

「……すみません」

なぜか必要もないのに謝ってしまう。

女性は少し戸惑ったようだったが、すぐに気を取り直した様子で私を手招いた。

「事情は知らないが、とにかく上がってきたらどうだ。そこは寒いだろう。裏に階段がある」

「は、はい……」

言われた通りに艦橋を回り込むと、確かに上階の外周通路へ繋がる階段があった。外からでも上へ行けるようになっているらしい。女性がいたのは三階上の通路だ。

ピストルをどうすべきか迷った私は、スカートのウエスト部分に銃身をねじ込んで、背中に隠す。後ろ姿を見せなければ気づかれることはないだろう。

ステップを三段ほど上って滞留する霧の中から抜け出ると、冷え切っていた足に痺れが走った。血流が戻った証拠だろうが、一段上る度に足裏が痛んで歩き辛い。

だが私の胸中を占めるのは足の痺れではなく、加連と先ほどの女性のことだ。

——加連は、本当に気化しちゃったの？

私の心は、まだ彼女の消失を受け入れていない。私だけが残されたなんて、認めたくない。

でも事実、加連はいない。どこにもいない。呼びかけても答えてくれない。

胸の奥が軋んで、また涙がこぼれてしまう。

私は慌てて服の袖で目元を拭い、頭上を見上げる。外周通路の床で視界は遮られ、女性の姿は見えない。だけど彼女は、この先で待っている。

――あの人が……ナオなの？

艦橋にいる女性は、ナオ・エアリーなのだろうか。

顔はよく見えなかったが、声から判断すると年配の女性に思える。髪は金髪だし、何よりこんな場所にいることが、彼女の正体を明示している気がした。

でも、彼女がナオだとしたら……私はどうしたらいい？

ナオを問い詰めて、こんなことをした理由を確かめようとした加連は、私の傍にいない。

加連がいないのに、ナオの元へ行く意味があるのだろうか。

分からない――どうしたらいいのか、もう全然分からない！

両手をぐっと握りしめ、なるべくゆっくりと歩を進める。

だが遅々とした歩みの中で考え続けても結論は出ず、女性のいる階まで辿り着いてしまう。

女性は先ほどと同じ場所にいた。

手すりに寄りかかり、黄緑色に輝く海を眺めている。その横顔は非常に整っており、青い瞳には海の光がわずかに映り込んでいた。

とても綺麗な人だ。年齢を重ねているのは分かるが、顔に皺はなく、大人の女性として完成された美しさを感じる。

もし彼女がナオで、五十一歳だとしたら、その実年齢よりもずいぶん若く見えた。

風に流れる金色の髪は、彼女の魅力を引き立てている。

何となく、加連に雰囲気が似ている気がした。容姿が優れているからというだけではなく、深い知性を感じさせる表情が、真面目な話をしている時の加連と重なる。

彼女は海を見ながら思索に耽っているのか、私を呼んだことなど完全に忘れているように見えた。

けれど私が足音をたてて近づくと、彼女は驚いた様子もなく顔をこちらに向ける。

「遅かったな。もっと近くへ来たらどうだ」

ひょいひょいと軽く手招きする女性に面食らいつつも、私は彼女に近づく。背中に隠した銃の冷たさを感じながら、彼女から二メートルほどの距離で足を止めた。

「あの、ここで何を……？」

本当ならまず名前を訊ねるべきなのに、私はその質問を避ける。

もしこの女性がナオ・エアリーだと確定してしまったら、私は次の行動を選ばなければならないから。

加連のことを大切に思うのならば、私は彼女との約束を守ってナオを詰問するべきなのだろう。

でも、世界をこんな風にした理由を知ることができても、その先には何もない。加連がすっきりすることもないし、感謝の言葉も貰えない。一緒に満ち足りた終わりを迎えることもできない。

「私か？　私は別に何もしていない。ただ夜風に当たっていただけだ。君の方こそ、どうしてこんな場所に？」

女性は気安く笑い、私に訊き返してきた。

「私はその……船に明かりが点いてるのを見て……」

ナオ・エアリーを捜しに来たとは言えず、私は歯切れ悪く返事をする。

「ああ――君も避難船の噂を聞いた口か。残念だが、この船はどこにも行かない。あの噂はデマだ」

苦笑しながら言う女性に、私は頷き返した。

「はい……そうですよね」

加連から既に噂をデマだと断じられていた私は、特に動揺もしない。

だがそんな私の反応が不思議だったのか、女性はわずかに眉を動かす。

「君は落胆しないのだな。これまでの来客は、もっと慌てふためいていたものだが……」

来客――。

その言葉を聞いて思い出す。この船には、先に加連を追っていた人たちが乗り込んでいるはずだ。彼らはいったいどうなったのだろう。

「あの、私の前にも大勢の人が来たんですか？」

「大勢というほどではない。それに私も誰彼構わず声をかけているわけではないんだ。気が向いた時だけだよ。面倒そうな連中は隠れてやり過ごしたから、何人来たかは分からないね」

彼女は苦笑を浮かべ、曖昧な答えを私に返した。

「その人たちは……今、どこに？」

「さあね。避難船がデマだと知った者は、すぐにどこかへ行ってしまった。関わり合いを避けた連中も、いつの間にかいなくなっていたよ。霧が流れてきた時に、呑まれてしまったのではないかな。もしくは、貨物庫に落ちてしまったかだ」

他人事のように語る彼女は、私が「貨物庫？」と疑問を浮かべると、霧に覆われた甲板を指差した。

「霧に覆われて見えないが、甲板には貨物庫への穴が開いている。中は霧で一杯だ。運悪く足を踏み外せば、底へ着く前に気化するだろう」

私はそれを聞き、船の中が異様に寒かった理由を悟る。あの冷気は船の貨物庫に満ちていた霧のものだったのだろう。

「あの、私の時にはどうして気が向いたんですか？」

けど、やはり名前を確かめる勇気は出ず、他の質問をしてしまう。

「——君は妙なことを気にするな。まあ、あえて言うなら……若い女の子の声だったからだろうか。私には、ちょうど君と同い年ぐらいの友人がいてね。ひょっとすると彼女が訪ねてきたのかと思ったんだよ」

女性はにこりと笑って、もっと近くに来いというように私を手招いた。

ためらうが、二歩だけ距離を詰める。ピストルを直接頭に突きつけることができる間合い――だが、それは彼女の手が届く距離でもあった。

女性は手を伸ばし、私の頭をポンポンと軽く叩く。

「さっきは泣いていたみたいだが、何かあったのか？」

「っ……！」

その問いかけに、こらえていた感情が溢れ出そうになった。頭に乗せられた手が温かく、心が緩みそうになってしまう。

でも彼女は加連を裏切った人かもしれない。私が立ち向かわなきゃいけない人なのかもしれないのだ。そんな弱さは見せられない。

「……はい。さっき、友達がいなくなって……消えてしまったのかもしれなくて……」

絞り出すようにして言葉を紡ぎ、涙が出ないように奥歯を嚙みしめる。

「そうか――それは悲しいことだな」

女性は心から同情するように言い、私の髪を優しく撫でた。

何でこんな……慰めるようなことをするのだろう。加連を傷つけて、世界をどうしようもないほど壊してしまった人には、似つかわしくない行動だ。もしかして別人なのだろうか…

……いや、そんな都合のいいことは考えちゃいけない。

「あの、あなたの友人って……どんな人なんですか？」

髪を撫でられながら、私は問いかける。

「――子犬みたいに元気で、騒がしい子だよ。じゃれつかれて煩わしいこともあったが、どうにも憎めない。頭はあまり良くないけれど、勘は鋭かった。私には見えないものに気づく子だったね。あらゆる意味で、私とは真逆の人間だ」

目を細め、懐かしむように女性は言う。

彼女が口にした内容は、加連のイメージとはあまりにかけ離れていた。

でもナオから見た加連は、そういう人間だったのかもしれない。加連は私の知らない側面をナオに見せていたのかもしれない。

だとするとすごく悔しい。私はそんな加連を知らないままに、彼女と別れてしまったことになるのだから。

「その友人は、ここへ来るんですか？」

「来るかもしれないし……来ないかもしれない。分からないが、来た時のために船の入り口は開けてある」

船のタラップが下りていたのは、その人のためだったのだと私は知る。なら――。

「あなたは、ここでその友人を待っているんですか？」

「……君は質問ばかりだな。まあ別に構わないが――私は待っているわけではないよ。会いたいのならば、自分から会いに行けばいい。待つのは非効率的な手段だ」

言われてみれば、確かにそうだと思う。

でも、だとすると女性の目的が分からない。

「質問ばかりですみません。けど……教えてください。じゃあ、あなたはここでいったい何をしてるんですか？」

それは私が最初にした質問と同じ。忘れたわけではない。でも繰り返すしかなかった。

「――さっきも言っただろう。夜風に当たっていただけだ。だが、付け加えるなら……見ていたというべきかな」

私の髪から手を離した女性は、霧に覆われた甲板へ視線を向けた。

上から見ると、霧は開いたコンテナから流れ出ているのが分かる。コンテナの中にあるのは、錆《さび》と苔《こけ》に覆われた金属の残骸。苔は海面と同じく黄緑色に発光していた。あれは真菌の色……霧はあそこから発生している。

「見ていた……？」

女性はあのコンテナを見ていたのだろうかと、私は眉を寄せた。

その時――甲板に滞留する霧の一部が盛り上がる。私が息を呑んでいる間に、霧は人の輪郭《かたど》を象った。

幽霊……以前、高速バスの待合所で見たものと同じだ。けれど、その姿は段々とシャープになり曖昧さが失われていく。

白一色だった表面にも色彩が生まれ、そこにはスーツを着た初老の男性の姿が浮かび上がった。半透明ではあるが、顔もはっきり見分けられるほどだ。この前見た幽霊は、ここまではっきりとはしていなかったように思う。

女性は驚く私を見て、肩を竦めた。

「面白いだろう？　私が声をかけているのは、来客だけではない。ああして現れる透明な人間にも、呼びかけているんだよ。まあ——一度も応じてくれた者はいないがね」

そう語る女性の顔に怯えはない。普通ならこんな現象を見て、平静ではいられないはずだ。人は誰だって未知のものを怖がる。怖がらないのは——それを既に知っているからだろう。

「幽霊……みたいですね」

もう状況は確定的だったけど、私はまだ踏み込めずにそんな相槌を打つ。

すると女性は妙に嬉しそうな顔で大きく頷いた。

「ふ——幽霊か。実を言うと私は、あの男性に見覚えがあるんだよ」

ふらふらと甲板をさまよう半透明な男性を示し、女性は言う。

「え……？」

「一度挨拶した程度の相手だがね。けど彼は七年前、命を落としている。この近くで起きた沈没事故を知っているかい？　彼はその犠牲者だ。だから彼を幽霊だと考えた君の認識は正しい」

教師が生徒を褒めるように、女性は私の肩をポンと叩いた。でも喜ぶ気にはなれない。

「死んだ人が……どうして？」

唾を呑み込み、問いかける。

これは気になったがゆえの質問ではない。自分の心を定めるために、もう少しだけ時間が欲しかったのだ。

すると女性は、霧を生み出しているコンテナを指差す。

「あのコンテナに入っているものが見えるかな。ここからだとよく分からないかもしれないが、あれは船の残骸なんだ。船体名の一部も読み取れる。あの残骸は沈没事故を起こした船のものだよ。魂は物に宿るというだろう？　だから何か——事故で死んだ人間の想いみたいなものが、こびり付いているのかもしれないな」

淡々とした口調で、女性は言った。

彼女の視線の先——甲板を徘徊していた男性の姿は次第に薄れ、白い霧に還《かえ》ってしまう。

コンテナに入っているのが沈没した船の残骸で、犠牲者の幽霊が現れているのだとしたら——いずれ加連の両親も姿を見せるのかもしれない。そして、ナオの父親も……。

やはり女性はナオで、死んだ父親に会いたくてこんなことをしたのだろうか。

確かめなきゃいけない。加連がいなくとも、このままじゃ終われない。

そうでないと、義父に引き金を引いた加連と釣り合わない。

胸の内に火が灯る。

加連との約束を果たすんだ。加連と一緒に過ごした時間を嘘にしないために！

「――っ」

私は背中へ手を回し、隠していた銃を引き抜いた。加連が確かめたいと思ったことを――私が聞くべきことを聞き出すには、これが一番確実な方法だ。

目を丸くする彼女の額に銃口を突きつけ、何度も呑み込んでしまった質問を今度こそ口にする。

「ナオ・エアリー……なんでしょ？」

その問いで女性はある程度の状況を理解したらしく、驚きを消して微笑んだ。

「――ああ、そうだ。妙に冷静だと思っていたが、やはり事情を知っている人間だったか。それで……君は誰だ？」

「私は……穂村ノノ。加連の――友達」

はっきりと私は告げる。私にとって加連がどんな存在だったのかを。

「そうか、私と君の友人は同じ人物だったか。では加連は気化したのだな」

苦笑を浮かべ、悲しげに呟くナオ。だがその言葉は、私の感情を逆撫でした。

「っ……同じじゃない！　私は、あなたみたいに加連を裏切らない！」

声を裏返らせて叫び、銃口をナオの額に押し当てる。

「あなたはどうして、こんなことをしたの？　答えてっ!!」

怒りのまま、私は加連がぶつけたかったはずの問いを叫んだ。

答えなければ撃つという脅しのつもりだったが、引き金にかけた指が震え、体は強張る。

そんな私の緊張は見透かされたのか、ナオは動揺した風もなく眉を寄せた。

「質問が曖昧だな。もう少し具体的にならないか？」

「――何で世界を終わらせようとしているのかって訊いてるのよ！」

苛立ちを隠さずに私は質問を重ねる。

だがナオは、困った表情を浮かべて嘆息した。

「世界を終わらせるに足る理由など、存在するはずがないだろう」

「な……」

思わぬ返答に私はあっけに取られる。

はぐらかされているのかと思うが、ナオの顔はしごく真面目だった。

「というか、逆に訊きたいな。君はそうした理由が存在すると思うのか？」

「そんなの……どこにだってある。どうしようもなくなった時とか……周りの人間が羨ましくて耐えられない時とか――そんなぐらいの理由でも、世界が終わればいいって思うはずよ。私だって、そうだった」

事故で左目の視力を失い、スポーツ推薦の道が断たれた時のことを思い出す。

あの時の私は、本気で世界が終わることを望んでいた。

だがナオは、納得できないという様子で口を開く。

「ふむ……だがその世界とは、本当に世界のことなのか？　君が生活している上で関わる限られた範囲のことではないのかな」

「それは……」

反論できずに私は唇を噛んだ。

私が終わってしまえと、消えてしまえと願ったのは、確かに見えている範囲の世界だ。見えているからこそ、見えなくなることを望んだ。最初から見えていないものに対しては、何も思うことすらできない。

「そうであるなら、君は本当に世界の終わりを望んでいたわけではないし、君が例に挙げた動機は世界を終わらせる理由にもなりえない」

ナオは理路整然と私に告げる。だが、ナオの言葉に頷くことはできなかった。

「違う……私は世界がこうなって嬉しかった。望んでいた通りのことが起きたと思ったの。それは私が本当に世界の終わりを願っていたってことでしょ？」

意地になっていることは自覚しつつも、私はナオに言い返す。

私の想いを、私が直面していた現実を軽く見られることだけは我慢がならない。

他人から見たらこの程度と思われるものだったとしても、そんなことは知ったことか。不幸や絶望は相対的なものじゃなく、絶対的なものだと思う。

比べられるようなものじゃなく、他人に価値を決められるものではない。

ナオは私の返答に興味を覚えたのか、目を見開いた。

「では――君なら、手段さえあったならば、今のような事態を自分の手で引き起こすことができたと言うのかな」

「……この事態は、真菌のせいなんでしょ。なら、もし私が真菌を手に入れて、これをばらまいたら世界が終わると言われたら──きっと実行したと思う」

私は迷うことなく頷く。

それぐらい私は自分の運命を恨んでいたし、未来に絶望していた。

もしかしたら最初は怯えて、事態の大きさを想像して、思い留まるかもしれない。でもいつか衝動的に実行するはずだ。

周りのことも、未来のことも、何も考えられなくなるほどに胸が痛くなる瞬間がある。その一瞬だけなら、私はきっと全人類の敵になれるだろう。

「君は面白い子だな。だがそれは、危険なウイルスが入った試験管を渡された猿が、何も分からずに試験管を割ってしまうのと同じことだよ」

ナオは苦笑を浮かべて、私を諭《さと》すように言う。大人が無知な子供を見る目だ。

彼女の指摘は正しい。けれどだからと言って、屈したりはしない。

「あなたはいつでも人間なの？　怒って……我を忘れて、猿みたいになることはないの？」

挑発するように私は言う。

人は獣になる。母に当たり散らしている時の義父みたいに。人間の皮を簡単に脱ぎ棄てるのだ。

「生憎、私は長く生きて人間が板についてしまった。だからもう猿には戻れないし、猿のふりもできない。世界を終わらせるに足る理由も、思いつかない」

「でも、実際に世界はこんなことになってるじゃない！」

視線で真菌に侵された海を示し、私は言葉を重ねる。

「人間が生きていけないような世界にしてまで……加連を裏切ってまで……やろうとしたことがあるんでしょ？　死んだ父親に会いたかったの？　真菌の実験をしたかったの？　ちゃんと私が納得できる理由を答えて！　そうじゃないと――」

私はそこで口をつぐみ、ピストルの引き金に触れている指を強く意識した。

「そうじゃないと、どうなるのかな？」

相変わらずナオは平静を崩さず、私に問いかけてくる。

ごくりと唾を呑み込んだ私は、ナオの目をまっすぐ見つめて宣言した。

「――納得できなかった時は、撃つ。加連はきっとそうするつもりだったと思うから」

あくまで私は、加連の代わりにナオと対峙している。

だから絶対に引き下がれない。

ナオはそんな私を見て、目を細める。

「君は本当に、加連の友人だったんだな。いいだろう――もう一度だけ君の質問に答えよう。ただ、その前に一つ聞かせてくれないか。君は今も終末を望んでいるのかい？」

それは、私の心が最も脆くなっている場所に突き刺さる問いだった。

でも……交換条件というのなら、答えよう。

「――加連と出会って、友達になってからは……終わりなんて来てほしくなくなった。加連と一緒にいるのは本当に楽しかったから、いつまでもその時間が続いてほしくなった。だけど……加連は先にいなくなって……だから、今は分からない。あなたとケリを付けて、加連との約束を果たしてから考える」

加連が傍にいない寂しさと痛みを感じながら、私は絞り出すように言う。

ナオは私の答えに満足したのか、小さく頷いて礼を言った。

「ありがとう。では、次は私の番か」

「ええ、自分の命がかかっているのを忘れないで」

私は銃を構えながら、ナオを促す。

すると彼女は悟ったような顔で微笑んだ。

「ああ、分かっている。だから今、君が聞かせてくれた言葉が、私の命の対価になるな」

「え……？」

何を言われたのか一瞬分からなかった。

だが静謐な光を湛えたナオの瞳を見て、私は悟る。

「まさか……答えないつもり？」

信じられず、呻くように問いかけると、ナオは首を振った。

「答えられないのが答え、というべきだ。世界を終わらせるに足る理由などない。だから私は君を――加連を納得させる言葉を持たないのだよ。そして理解されたいとも思わない」

自嘲気味に笑って、ナオは目を閉じた。

意味が分からない返答。納得のできない答え。

今が撃つタイミングなのだと、私は知る。ナオもそれを覚悟している。

たぶん、指は動く。重い引き金も、力を込めればきっと引ける。

でも――。

本当にいいのだろうか。これじゃあ、まるで撃たされているみたいだ。

こんな状況でナオを撃って、それが本当に加連へ報いることになるだろうか。

分からない――いや、たぶん私は怖がっているだけだ。だけどそのことを自覚しても、踏ん切りはつかない。

「……早く撃った方がいい」

待ちくたびれたのか、ナオが薄目を開けて言う。

「っ――そんなに、死にたいの？」

情けないと思われたくなくて、私はナオに毒づいた。

「いや、早くしないと君が困ると思ってな」

「私が……困る？」

ナオの言葉が理解できずに訊き返した時、足元が揺れる。そして重低音が耳に届いた。

「なっ――何をしたの⁉」

私は銃口をナオの額に強く押し当てて詰問する。すると彼女はおもむろに服の袖口から携帯端末を取り出した。

「先ほど、もう撃たれると思い、船を動かした。自動操舵で沈没事故の現場——霧の真っただ中に向かうよう設定してある。死んだ後、どうせなら私も幽霊になってみたいのでね。そのためには死体を霧の濃い場所へ移動させるのが適当だと判断した。私の魂がどこかに残っていれば、劣化している船の乗客たちよりも情報密度の高い幽霊になれるはずだ。君がこのまま私を撃てずにいると、私と共に気化することになるだろう」

「そんな……」

後がないことを知り、私は引き金にかけた指に力を込める。

でも、最後の一線がどうしても越えられない。

今ナオは幽霊になってみたいと口にした。それは彼女が初めて口にした願望の言葉だった。

ナオが幽霊になりたいと思っているのなら、ピストルを向けても動揺しないのは当然だ。

死んだ先を見据えている彼女に、死を突きつけることほど無意味なことはない。

そしてこのままナオを撃てなかったとしても、私は彼女と一緒に気化して終わる。

こんな有様でいいはずはない。

だけど、でも——目の前にいるナオの頭を撃ち抜く情景が、どうしてもイメージできなかった。

「君は、加連のことが好きだったか？」

ナオは撃てずにいる私に、そんなことを問いかけてくる。

「……大好きだった。ホントに……すごく」

自転車に乗っている間、ずっと背中に感じていた温もりを思い出しながら、私は掠れた声で答えた。

するとナオは、嬉しそうに微笑む。

「同じだな。私もあの子が大好きで、何より大切だったよ」

轟音が空気を震わせた。

手ではなく、両肩に強い衝撃——反動でたたらを踏む私は、倒れゆくナオ・エアリーの姿を見る。

いつの間にか、撃っていた。引き金を引いていた。

衝動だった。抑えきれない怒りが私の指を動かしていた。

加連のためではなく、私の意志だった。

許せなかった。ナオが加連を大切だと言ったことが。私と同じだと言ったことが。

それだけは絶対に、認めることはできなかった。

吐き気が込み上げる。視界が滲む。

時間が引き伸ばされた感覚の中で、私は前に加連が泣いた理由を知った。

義父を撃ち殺した加連は思ったのだろう——こんな終わり方は最低だと。

罪の意識とか命の重さとか、そんなものはただの理屈だ。湧き上がってくるのは、どうしようもない嫌悪感。

嫌なものを見た――それに関わってしまった。それが嫌で嫌で、泣きたいほどに嫌で――

私は涙をこぼしているのだろう。

霞んだ世界の中で、ナオ・エアリーが倒れ伏す。

命を失い、通路に転がった彼女の頭部からは、真っ赤な血が流れ出していた。

ゴトン、と足元で重い音が響く。

見下ろすと硝煙の上がるピストルが転がっていた。

力が抜けて取り落としてしまったのだろう。

だけど拾い上げる気にはなれない。私は通路の柵に寄りかかり、空を仰ぐ。

船の真上にはレインボーブリッジの橋桁があり、夜空の大半を覆い隠してしまっている。

視線を下ろすと、陸地に見える外灯の明かりが動いていた。船はゆっくりと霧の中へ向けて進み始めているようだ。

銃声の残響が耳から薄れると、微かな波音が聞こえてくる。

加連との約束は果たした。でも達成感のようなものは何もない。

私は結局、加連のためには引き金を引けなかったから。

残ったのは、手にこびり付いた殺人の感触だけ。気分は最低で最悪。

早く船から降りなければここで気化してしまうが、動く気力は湧かなかった。

「ひっ……うぅ……」

さっきからずっと涙が止まらない。

寂しい、悲しい。どうしようもなく心が寒くて、体が震える。

いや、気温が下がっているのは、船が霧に近づいているからだろうか。

分からない。どうでもいい。

加連がいないのなら、もう満ち足りた終末なんて訪れない。どこで終わったところで同じだ。

ならせめて、加連が消えてしまったこの船で――ナオもいるのは嫌だけれど……。

そんなことを考えながら、私は泣き続ける。

「――ノノ？」

けれどそこで、在り得ないはずの声が聞こえた。

「え？」

驚いて顔を上げる。必死に辺りを見回す。

でも声の主は見当たらない。とうとう頭がおかしくなってしまったのだろうか。

「ノノ、そこにいるのかしら？」

だけどまた聞き慣れた彼女の——加連の声が鼓膜を震わせる。

——下からだ。

私は柵にすがりついて体を起こす。そして先ほどナオがしていたように、柵から身を乗り出して下方を覗き込んだ。

「嘘……」

船内から甲板へ出る扉の傍に、白衣を着た少女が立っている。こちらを見上げるその顔を見間違えるはずはない。加連……加連だ！

「加連……何で——」

これは幻覚だろうか。それとも加連が幽霊になって現れたのだろうか。

今すぐ彼女の元に行きたいが、目を離した隙に消えてしまいそうで動けない。

「階段から落ちて、気を失ってたみたい。ノノ、置いて行くなんてひどいわよ」

頬を膨らませてみせる加連の言葉を聞き、頭の中が真っ白になる。

——気を失ってた？　階段から落ちて……？

甲板への扉を開けた時に吹き込んできた霧は、かなりの勢いだった。確かに転げ落ちても不思議ではない。霧が濃くて、階段の下までは確認できていない。

でも、本当に？　夢ではないのだろうか。

体がふらつき、左足が柔らかくて重い物にぶつかる。びくりとして視線を下ろすと、そこにはナオの死体が転がっていた。

頭から血を流して倒れるナオの体は、当然ながらピクリとも動かない。鉄臭い血の香りが鼻腔を撫で、吐き気が込み上げる。

「ノノ、どうしたの？」

返事がないのを訝しく思ったのか、加連が甲板から問いかけてきた。

私はぎこちない動きで再び加連の方を向き、喉から無理やり声を絞り出す。

「加連、私……ナオを撃ったよ。ナオは……ここにいるよ」

そう告げた途端、凄まじい罪悪感に襲われる。

それは殺人という行為に対してのものではない。

ナオの最後の言葉――加連が何より大切だったという告白を聞いた時に、私は気づいてしまったのだ。

もしも加連が一人で無事にここへ辿り着き、ナオと再会したなら……二人は仲直りできたのかもしれないと。

だからこそ認められなかった。撃つしかなかった。

「ごめん……ごめん、加連。ナオは加連のこと、大好きだって言ったのに……」

秘密にはできない。私がしたことを、ナオの気持ちを胸に抱えたままでいることは、どうしてもできなかった。

「そう……」

加連は目を見開き、短い相槌を打つ。

船内の明かりに照らされた加連の表情は限りなく透明で、感情は読み取れない。だけど私の言葉で、一番大事なことは伝わったはずだ。加連は頭がいいから、これだけの言葉でもきっと理解してしまう。

本当は分かってほしくないけれど……私の罪を知られたくはないけれど……。

だがしばらくして、加連は言う。

「ノノ、早く降りてきて。船が動いているわ」

「……え？　来なくて、いいの？」

ナオの死体を確かめなくていいのかと、私は戸惑う。

「いい。だから早く」

加連は強く断言すると、私を急かした。

「う、うん……」

私は戸惑いながらも柵から離れ、ナオの死体を一瞥した後、ふらつく足で甲板へ向かう。

外周通路の階段を下りている間、不安がどんどん大きくなっていった。

加連がいない場で何もかもを終わらせてしまった私を、彼女は怒っていないのだろうか。

怖くて歩調は鈍る。だが甲板に降りたところで、私はこちらに駆けてくる加連の姿を見る。

「ノノ！」

膝下まで霧に覆われた甲板を走り抜け、加連は勢いよく私の腰に抱きついた。

「……加連？」

華奢な彼女の体を受け止めた私は、呆然と彼女の名を呟く。

温かい。霧の冷たさを忘れるぐらいに——。

本当に生きていた。気化してはいなかった。

改めてそのことを実感するが、胸の内の罪悪感はさらに高まる。

今の私にとって、加連以上に大切な人はいない。だけど私はそんな彼女から、ハッピーエンドの可能性を奪ってしまったのだ。

「ごめ——」

「ありがとう、ノノ」

だが加連は謝ろうとした私を遮って、強い口調で礼を言う。

私の腰に回した腕に力を込め、加連は胸にぐっと額を押しつけた。

「ありがとう……あたしは、ありがとうって思ってるから。ちゃんと……釣り合ってるから」

感謝の言葉を繰り返した加連は、体を離して私の腕を掴む。

「——行きましょう。もうここに用はないわ」

加連は右舷側の通路へと私を引っ張っていった。小さな加連の手はとても力強くて、私は呆然としながら足を動かす。

本当にこれでいいのだろうか。加連は私を許してくれるのだろうか。

そんな私の心を読んだように、背を向けたまま加連が言う。

「私たちが終わる場所は、ここじゃないと思うのよ」

――私たち。

そう言ってくれたことに、涙がこぼれる。

加連は死んだナオの傍ではなく、私と一緒にいることを選んでくれたのだ。ナオの気持ちを知ってなお――彼女を撃った私に感謝してくれた……。

涙を拭って顔を上げる。右舷側からは、遠ざかる港が見えた。出航したばかりでまだ岸壁は近い。

「飛び降りるわよ、ノノ」

足を止めた加連は、通路の柵から黄緑色の海面を見下ろし、真剣な声で言う。

「え……？と、飛び降りる？この高さから……？」

光り輝く海面は遠い。下は水だといっても、死を意識してしまう高さだ。校舎の三階から地上を見下ろした時よりも高く思えて、足が竦んでしまう。

「ええ。これ以上離れたら、港に戻れなくなるわ」

加連はそう言うと、柵を乗り越えようとする。

「ま、待って！加連は泳げるの？」

余裕がないのは分かっているが、それだけは確かめなければならない。私も覚悟を決める時間が必要だった。

「水泳は得意よ」

柵に足をかけながら、加連は即答する。

「──子供の頃の話じゃないよね？」

「もちろん」

頷く加連。その間に私も何とか心の準備を終えた。

「……なら、大丈夫。行こう」

柵を乗り越えた私たちは、手すりを後ろ手に摑んで海面を見下ろす。

「タイミングを合わせて同時に──足からまっすぐに落ちようね」

頭から落ちたらただでは済まないだろうと思い、私は念を押した。

「かけ声は、またあれで行きましょう」

加連は強気に笑って言う。

「──了解」

そして二人で呼吸を合わせ「いっせーの」の声と共に飛び降りた。

体重が喪失し、内臓が浮き上がる感覚。隣で一緒に落下していく加連を見て、白衣は脱ぐように言うべきだったと思うが──もう手遅れだ。

黄緑色の海面が近づき、光に呑み込まれるような錯覚を抱いた瞬間、全身を強い衝撃が襲う。

何も見えない。息もできない。自分が海中に沈んでいることを、遅れて理解する。

──温かい。

船上の気温が低かったせいか、海の水は生温く感じた。

目を開けて上を見ると、淡い緑色の光が見える。その光を目指して私は手足を動かし、懸命に浮上した。服が重く、泳ぎ辛い。

「ぷはっ！」

それでも何とか海面に顔を出し、辺りを見回す。船の速度は思ったよりも早かったらしく、私が沈んでいる間に二十メートル近く距離が離れていた。光り輝く海面に船の航跡が暗く刻まれている。だが海上には、船以外に何も見当たらない。

まさか――。

「加連っ！」

焦って彼女の名前を呼んだ瞬間、少し離れた場所で水しぶきが上がった。

「ごほっ……けほっ……の、ノノ――」

咳き込み、体にまとわりつく白衣に苦戦しながらも、加連は光る海面を掻き分けてこちらに泳いでくる。

「よかった……大丈夫？」

海水を呑んだのか、喋るのは辛そうな様子で加連はこくんと頷く。白衣は加連の体に張り付いており、水中で脱がすのは困難だ。このまま岸まで泳ぐしかない。

私は加連が溺れてしまわないよう支えつつ、港の方へ向かった。藻が口に入ったのか、苦みのある嫌な味がする。

着衣水泳は思った以上に体力を奪っていくが、幸い岸壁にはすぐ辿り着いた。しかしコンクリートの岸はとっかかりがなく、登れる場所を探して岸壁沿いに泳ぐことになる。

「加連、頑張って！」

岸壁付近は押し寄せる波の影響を強く受けるので、体が時折岸壁に叩きつけられる。ようやく梯子を見つけた時は、本当に安堵した。

加連を下から押し上げるようにして梯子を登らせた後、私も力を振り絞って岸壁へと上がる。

海中から出ると、服はより重くなって肌に張りついた。

「はぁ……っ……はぁー……意外と、何とかなったね」

私は仰向けで倒れている加連に苦笑を向ける。

「……とりあえずは、ね。でも……わりとすぐに、終わってしまうかも」

上半身を起こした加連は、海の方を見つめた。

貨物船は濃い霧の中へと姿を消してゆく。いや――よく見るとこちらに流れてくる霧が、船を呑み込んでいる。

「風向きが――変わった？」

濡れた頬を撫でていく風は強く、海の方から吹いていた。

「ええ、もうすぐこの辺りは霧に包まれるでしょうね。もし都心を覆い尽くす規模だったら、逃げ切るのは無理よ……ダメ元で霧を避けられる場所を探してもいいけれど……」

加連はそう言って私の表情を窺う。どちらでもいい――そんな雰囲気だ。そして私も気持ちは同じ。

やれることは全部やった。だから足掻く理由は特に見つからない。

「ううん、別にいい。食べ物もないし……ここで終わるのが楽だと思う。まあ……服ぐらいは着替えたかったけどね」

海水でベタベタの制服を指で引っ張り、私は笑う。

「あたしも同感よ」

「じゃあ、どれぐらい猶予があるか分からないけど――服を探しに行く？」

「それはいい考えだと思うわ。ただ……」

彼女は頷きつつも、何かを探すように視線を巡らせた。

「どうしたの？」

「ノノは……自分が死んだ後の世界に、意味があると思う？」

加連はほのかな迷いを秘めた瞳を向け、私に唐突な質問をした。

「――よく分からないかな。私、死んだ後に向けて何もしてないし。でも逆に今からでも何かしたら……意味があるように感じるのかも」

少し考えてから私はそう答える。

私としては当たり前のことを言ったつもりだったのだが、加連はなぜか意外そうな表情でふっと笑った。

「……そうね、意味は自分で作れるのよね。ごめん、ノノ——服のことは諦めてくれないかしら。最後にやっておきたいことがあるのよ」

「うん、いいよ」

私は笑顔で即答する。

加連の頼みを、私が断るはずがない。それが最後のものなら尚更だ。

濡れた服も、岸壁に打ちつけて痛む肩も、どうだっていい。

加連が笑ってくれるのなら、他に何もいらなかった。

◇◆

濡れた服を着たまま、自転車を漕ぐ。

肌も濡れているので、風がとても冷たい。加連が抱きついている背中だけは温かいが、手足は痛いほどに冷え切ってしまっていた。

海から流れてきた霧は夜を緩やかに覆い、道路沿いの外灯の明かりはぼうっと白く霞んでいる。

「さっきの公園に何かあるの？」

私は寒さをこらえながら、加連に問いかけた。

岸壁沿いを歩き、放置した自転車を見つけた私たちは、慰霊碑のある埠頭公園に引き返している。

加連がそうしてほしいと頼んだからだ。けれど理由はまだ聞いていない。

「単に地面が露出している場所が必要なだけよ。あの公園にはグラウンドがあったから」

「グラウンド……？」

私は首を捻りながら公園に入り、グラウンドを囲むフェンスの入り口で足を止めた。

ナイター設備は点いていないが、海からの光で何とか辺りの様子は見て取れる。ただ次第に深まる霧が、どんどん視界を悪くしていた。

加連は自転車から降りると籠から革製のトランクを取り出す。

「それ、意味がないものって言ってなかった？」

鍵を外してトランクを開く加連に、私は問いかけた。中に入っていたのは緩衝材に包まれた小さな瓶。瓶の中には何か細かな黒い粒が、ぎっしりと詰まっている。

「ええ、今生きている私たちには何の意味もないものよ。私を護送していた人たちには、これが現状を打破する切り札だって嘘をついたけど」

悪戯っぽく笑った加連は瓶の蓋を開けて、中身をパラパラと手のひらへ落とした。

「……種？」

加連の手を覗き込み、その黒い粒が植物の種子らしいことに気づく。

「私は真菌の感染力を上げる研究を手伝っていたけれど、その過程でどうやっても真菌が寄生できない植物も発見したの。これはその非常に強い真菌病抵抗性を持つ植物の種子。繁殖力の低さが欠点だったけれど、品種改良でその課題もクリアしたわ」

そう言うと加連は種を勢いよくグラウンドに振り撒いた。

「この植物が大繁殖して生息域を広げていけば、自然と真菌が宿主にできる植物は減少することになる。もちろん単一種が全ての環境に適応することは不可能だから、霧が消えることはないけれどね」

「じゃあ……やっぱり意味はないってこと？」

私は種まきを続ける加連に問う。

「どうかしら――長い長い時間が経てば、気化現象が起こらない濃度まで下がる可能性はあるわ。もしその時まで、人間がどこかでしぶとく生きていたら……あたしの行動は意味があるものになるかもしれない」

そんな未来を願っているというよりは、たいして期待はしていない様子で加連は種を放り投げた。

加連にとっては、どちらでもいいのだろう。ただ、何もせずに可能性を殺してしまうのはどこか後ろめたい。もやもやする。

きっとこれも、加連がすっきりするために必要なことなのだ。

「――私も手伝う」

なら私も一緒にやろうと、種を受け取って力任せにまき散らす。

「わ……すっごく飛んだわね」

「ふふ、遠投は得意なの。でもさ、こんな蒔き方で大丈夫？」

「平気よ。生命力は呆れるほど強いから、適当にまいておけば勝手に生えてくるわ」

加連は肩を竦めると、助走をつけて種を放った。

それから私たちの種まきは、いつの間にか種合戦に発展し——瓶が空になった時には辺りはもう濃い霧が立ち込めていた。

十メートルも離れたら、互いが見えなくなるほどの濃さだ。

もうすぐ、おしまいの時がやってくるのだろう。

「——ノノ」

「うん……」

私たちははぐれないように手を繋ぎ、海の傍に——慰霊碑のある場所まで行く。

何となく最期に相応しい場所を探していたら、そこに落ち着いたという感じだった。

冷たく濃い霧は、海の淡い光も遮り——世界から形を奪っていく。

私と加連は慰霊碑に背中を預けて座り、私たち自身の形が失われる時を待った。

怖くないと言えば、嘘になる。加連の存在が大きくなるほど、もっと一緒に過ごしたいという欲が出てくる。

現金なものだと、我ながら呆れてしまう。あれほど世界の終わりを望んでいたのに、今は少しでも長く加連の傍にいたいと考えてしまうのだ。

「あ、そうだ——ノノ、ちょっといいかしら」

そんな中、加連が何かを思いついたという顔で繋いでいた手を解く。

「……どうしたの？」

空っぽになった手がとても頼りなくて、私は理由を問いかけた。

「白衣を脱ごうと思って。ノノは……そうね、その眼帯を外してくれるかしら」

加連は海水で濡れた白衣を脱ぎながら、私の左目を覆う眼帯を指差す。

「何で……？」

「ちょっとね——あたしたちの墓標みたいなものよ。身に着けたままだと、気化した時になくなっちゃうでしょう？」

脱いだ白衣をたたんだ加連は、私に手を差し出した。

「まあ、別にいいけど……」

加連の考えていることはよく分からなかったが、素直に眼帯を外して手渡す。

冷気に触れた肌がピリッと痛んだ。

「ありがとう。じゃあ……ここに置いておきましょうか」

加連は白衣と眼帯を慰霊碑の横に置き、その上に大き目の石を載せた。

「……雑じゃない？」

「風に飛ばされなければいいのよ」

満足そうに笑った加連は私の隣に座り直し、また手を握ってくれる。

「ふう……これであとは待つだけね」

私の肩に頭を預けて、加連は瞼を閉じた。

「寝ないわよ。でも……何となく、目を開けて死ぬのは怖いから」

「……そうかもね」

加連の意見に同意し、私も目をつぶる。

寄り添い、互いの体温を分け合いながら、波の音に耳を澄ました。

「ねえ、ノノ……ハンバーガー、食べたくない？」

軽い世間話をするように、加連が言う。

「──もう、やめてよ。お腹が鳴っちゃうじゃない」

公園や船を探索して、海を泳いで、正直お腹は減っていた。だから今は食べ物のことを意識したくない。

「ふふ……ノノのお腹の音、聞いてみたいかも」

「そんなこと言ってたら、加連の方が先に鳴っちゃうよ？」

私がそう注意した直後、加連のお腹が可愛く鳴る。

「あ、ノノの言った通り。凄いわね」

「加連の体が正直なのよ」

「その言い方、何だかイヤらしいわ」

「え？　そ、そう？」

私が困惑すると、加連はクスクスと笑う。

「──寝ちゃうの？」

「でも――やっぱり、あたしはノノと一緒にハンバーガーが食べたかったなぁ」

「……まだ言うか」

「あと、カラオケにも行ってみたかったわ。ボウリングやゲームセンターとか……遊んだ経験はないけれど、きっとノノとなら楽しかったと思う」

「加連……」

私は加連の想いに気づき、胸の奥が熱くなった。

「もちろん遊園地も外せないわね。冬はスキーかスケートで、夏は海水浴がいいわ」

「……私は、普通にショッピングへ行きたいな。加連の洋服を選ぶの、すごく楽しそう」

加連の話題に乗っかり、私も自分の望みを口にする。

ささやかだけど、もう叶わない願いを。

「あたしだってノノの服を選びたいわ。スタイルがいいから、きっとどんな服も似合うわよ」

「私は単に背が高いだけだから、むしろ似合う服は少ないって。加連に似合いそうな可愛い系の服とか、絶対ダメだし」

「ええー、そんなことないわよ。おそろいの服を着ましょうよ」

「……それは勘弁して」

私たちは取りとめのない会話を続けた。

やりたいことは次から次へと思いつく。叶わない夢がどんどん増えていく。

目を閉じていても、霧が濃くなっていることが分かる。冷たさは体の芯まで沁み込んできて、手足の感覚が遠くなっていく。

「水着はどんなのが――」

「――海じゃなくてプールも……」

もう私たちの時間は、ほとんど残っていない。

終わりたくない。終わってほしくない。

終末なんて、もっともっと先でいい。私は加連とやりたいことがある。ずっと一緒に過ごしたい。

なのに何で、こんなところでおしまいなんだろう。

頬が熱い。いつの間にか私は泣いていた。

「――ノノ」

私を呼ぶ加連の声も震えている。加連もきっと泣いている。

「加連――」

何よりも大切な人の名前を口にした瞬間、瞼の向こうに強い光を感じた。

終章

白い霧が街を覆う。

人は絶え、空っぽの器だけが残される。

アスファルトで覆われた道路を走る車はなく、信号機や外灯の光もやがて消えた。

放置された看板は少しずつ錆び、風雨に晒された窓ガラスは劣化して、ある時唐突にひび割れる。

街路樹の根は内側から路面を砕き、その隙間に雑草が生い茂った。

ちぎれた電線はだらんと垂れ下がり、ゆらゆら風に揺れる。

放置された車から漏れ出たガソリンは路面の水溜まりと混じり合い、虹色に鈍く輝いた。

とある埠頭内の公園も、時と共に朽ち、変化していく。

舗装された遊歩道には亀裂が走り、海沿いの柵は潮風に晒されてボロボロに崩れていた。

かつてグラウンドだった場所は一面の野原になり、夏になると白い綺麗な花を咲かせる。

海に臨む場所に設置された慰霊碑は苔で覆われ、刻まれていた名前も判別できなくなっていた。

その傍にあった何かも、生い茂った草に包まれてもう見えない。

静かに、ゆっくりと、鉄が朽ち、緑が侵食していく。

黄緑色の海にわだかまる霧は、風が吹くたびに街へと押し寄せる。

風と雨だけが、ささやかな変化を与える世界——だがその中に、ある日突然、新たな景色が現れた。

それまでの連続性を無視して、終わり続ける世界に新たなピースが嵌めこまれる。

その欠片《かけら》は、とうの昔に失われたはずのもの。

鉄が朽ちる過程にあるのなら、それはもう崩れ切って原型すら残っていないはずの存在だった。

強引に景色へ嵌めこまれたピースは、少女の形をしていた。

少女は苔むした慰霊碑の傍に、一人でぽつんと立っている。

白衣を着た、小柄な少女だった。

長い髪と白衣の裾を海風になびかせながら、少女は変わり果てた世界をじっと眺める。

それ以外のことは何もしない。

太陽と月が天を一回りしても、彼女は一歩も動かなかった。

何も食べることなく、ただ立っていた。眠ることもなく、雲と星の動きを無言で見つめている。
翌日も、その翌日も——月の満ち欠けが一巡しても、少女はそこに立っていた。
夏が来て、グラウンドを白い花が覆う。
秋が来て、木々が葉を散らす。
冬が来て、少女の頭と肩に雪が積もった。
春が来て、新たに芽吹いた緑がアスファルトの亀裂を広げる。
そんな季節が、何度も繰り返された。
けれど少女は、ずっと動かなかった。
相変わらず何も食べないし、どれだけ季節が巡っても容姿は変わらない。
ただ、どこか遠くを見つめている少女の瞳が、少しずつ曇っていっただけ。
少女は待っていた。
何かを。誰かを。
何なのかも、誰なのかも分からない。いつまで待てばいいのかも分からない。
けれど、少女は立ち続けた。
嵐の日、凄まじい強風で慰霊碑が横倒しになった。
錆びたフェンスが自重に耐え切れずに崩壊し、グラウンドに咲く花を散らした。
埠頭の岸壁には大きな裂け目が生まれ、そのひび割れは少女の足元近くにまで及んだ。
そしてもう何度目かも分からない冬——大雪が降った。

雪は何もかもを覆い尽くし、全てを白く染め上げる。
そんな中でも少女はまだ立っていた。
少女はもう景色の一部になっていた。
けれど、少女の肩に積もった雪が地面に落ちた時——その景色は唐突に変化する。
新しいピースが、ぱちりと唐突に嵌めこまれる。
そしてその日、埠頭の景色から少女の姿は消える。
雪の上には、二人分の足跡がどこまでも続いていた。

あとがき

こんにちは、ツカサです。

今回は色んな縁がつながって、早川書房で物語を書く機会をいただきました。恐らくほとんどの方がはじめましてだと思うので、自分のことを語ることにいたします。

私は幼い頃から、少し変わったお話が大好きでした。

白亜紀にタイムトラベルし、恐竜のアバターを用いて生活する物語。タイムマシンで過去に戻ったのはいいが、過去を改変したせいで元の世界線に戻れず、なるべく近似した世界を探す物語。UFOに遭遇した少年のうち一人が自ら宇宙人と共に旅立つことを選び、大人になった主人公の前に以前と同じ姿で現れる物語(光速で旅をしていたから)――。

タイトルも思い出せないほど昔に読んだ児童書ですが、その内容は今でもしっかりと心に残っています。そして、後になってそうした物語がSFというジャンルであることを知りました。

小学校高学年になり、図書館にあった児童書の中でSFっぽいものをあらかた読みつくした私は、その横にあった一般書籍の棚に「不思議なお話」を探しにいきました。大人の世界と共に描かれる斬新な物語に、私は色々な意味でドキドキし、図書館を梯子して読み漁っていた記憶があります。

一般書籍の数は膨大で、「不思議なお話」に絞っても面白そうなものがたくさんあり、どれだけ時間をかけても読みつくせるものではありません。

それは私にとってすごく嬉しいことで、図書館通いの日々は続きました。

けれど高校生になった頃、私はライトノベルの存在を知ります。厳密に言うと当時はライトノベルという名称はなかったような気がしますが、とにかく私はそのジャンルの虜になってしまいました。

なぜならそこには、私が常に探していた「不思議なお話」が溢れていて、なおかつ主人公が自分と近い年代で、より感情移入することができたからです。とにかく面白かった——その一言に尽きるでしょう。

それからしばらくは、ライトノベルばかり読んでいたような気がします。

そんな私が自分で小説を書こうと思った時、このジャンルを選択したのは自然なことでした。

作品を書き始めた私は、幸運にも賞をいただき、ライトノベル作家としてデビューします。

自分の書いた作品を大勢の方に読んでもらえるというのは、とても新鮮で刺激的な経験でした。

特にデビューレーベルから出させていただいた『九十九の空傘』は、私が表現したいものをそのまま形にできた、とても思い入れのあるお話です。

人間がいなくなった世界で過ごす九十九神《つくもがみ》たち——強い想いから生まれた彼らは、それゆえに苦しみ、失われた何かを求めながら日常を送る……。

実をいうと、九十九を気に入ってくれた編集のO氏との出会いが、本書を書くきっかけになりました（当時は別の出版社でお仕事をされていたので、まさか早川書房で書くことになるとは想像もしていませんでしたが）。

そうした経緯があるので『九十九の空傘』と本作『ノノ・ワールドエンド』は色々と近しく、通じる部分があります。ノノの雰囲気を気に入ってくださったなら、九十九もおススメです（宣伝）。

これで一応、自己紹介はできたでしょうか。

デビューして九年たった今、私が好きな本をたくさん出版されている早川書房でお仕事ができることはすごく嬉しいです。

最初は色々と力んで空回りをしてしまいましたが（背景設定を無理に入れ込んだりして）、担当編集さんが軌道修正してくださり、私らしい「不思議なお話」に仕上げることができました。

何度も顔を合わせて打ち合わせをし、作品をより良くするための道筋を示してくださったことには深く感謝しております。

今回のお仕事は勉強になることが多く、とてもいい経験になりました。

アドバイスをくださった編集長をはじめ、校正の方々には頭が上がりません。素敵なノノと加連を描いてくださったso-bin様、デザインの伸童舎様、この本に携わってくださった全ての方々に、心よりお礼申し上げます。

そしてO氏との縁が繋がるきっかけとなったE様、本当にありがとうございました。

この本が読者の皆様の心に少しでも残るものであれば幸いです。

では、また。

二〇一六年二月

ツカサ

本書は、書き下ろし作品です。

小川一水作品

老ヴォールの惑星

SFマガジン読者賞受賞の表題作、星雲賞受賞の「漂った男」など、全四篇収録の作品集

時砂の王

時間線を遡行し人類の殲滅を狙う謎の存在。撤退戦の末、男は三世紀の倭国に辿りつく。

フリーランチの時代

あっけなさすぎるファーストコンタクトから宇宙開発時代ニートの日常まで、全五篇収録

天涯の砦

大事故により真空を漂流するステーション。気密区画の生存者を待つ苛酷な運命とは？

青い星まで飛んでいけ

閉塞感を抱く少年少女の冒険から、人類の希望を受け継ぐ宇宙船の旅路まで、全六篇収録

野尻抱介作品

太陽の簒《さん》奪《だつ》者《しゃ》

太陽をとりまくリングは人類滅亡の予兆か？
星雲賞を受賞した新世紀ハードSFの金字塔

沈黙のフライバイ

名作『太陽の簒奪者』の原点ともいえる表題
作ほか、野尻宇宙SFの真髄五篇を収録する

南極点のピアピア動画

「ニコニコ動画」と「初音ミク」と宇宙開発
の清く正しい未来を描く星雲賞受賞の傑作。

ふわふわの泉

高校の化学部部長・浅倉泉が発見した物質が
世界を変える――星雲賞受賞作、ついに復刊

ヴェイスの盲点

ロイド、マージ、メイ――宇宙の運び屋ミリ
ガン運送の活躍を描く、〈クレギオン〉開幕

星界の紋章／森岡浩之

星界の紋章Ⅰ—帝国の王女—

銀河を支配する種族アーヴの侵略がジントの運命を変えた。新世代スペースオペラ開幕！

星界の紋章Ⅱ—ささやかな戦い—

ジントはアーヴ帝国の王女ラフィールと出会う。それは少年と王女の冒険の始まりだった

星界の紋章Ⅲ—異郷への帰還—

不時着した惑星から王女を連れて脱出を図るジント。痛快スペースオペラ、堂々の完結！

星界の断章Ⅰ

ラフィール誕生にまつわる秘話、スポール幼少時の伝説など、星界の逸話12篇を収録。

星界の断章Ⅱ

本篇では語られざるアーヴの歴史の暗部に迫る、書き下ろし「墨守」を含む全12篇収録。

著者略歴　1983年京都府生，作家　著書『RIGHT×LIGHT』『九十九の空傘』〈銃皇無尽のファフニール〉〈国家魔導最終兵器少女アーク・ロウ〉〈熾界龍皇と極東の七柱特区〉

HM=Hayakawa Mystery
SF=Science Fiction
JA=Japanese Author
NV=Novel
NF=Nonfiction
FT=Fantasy

ノノノ・ワールドエンド

〈JA1219〉

二〇一六年二月二十日　印刷
二〇一六年二月二十五日　発行
（定価はカバーに表示してあります）

著者　ツカサ
発行者　早川浩
印刷者　入澤誠一郎
発行所　株式会社 早川書房
郵便番号　一〇一 - 〇〇四六
東京都千代田区神田多町二ノ二
電話　〇三 - 三二五二 - 三一一一（大代表）
振替　〇〇一六〇 - 三 - 四七七九九
http://www.hayakawa-online.co.jp
乱丁・落丁本は小社制作部宛お送り下さい。
送料小社負担にてお取りかえいたします。

印刷・星野精版印刷株式会社　製本・株式会社フォーネット社

ISBN978-4-15-031219-0 C0193

本書は活字が大きく読みやすい〈トールサイズ〉です。